Jochen Nagel

Galego

Fußballmärchen

Impressum

Bibliografische Information der Deutschen Nationalbibliothek:
Die Deutsche Nationalbibliothek verzeichnet diese Publikation in der Deutschen Nationalbibliografie; detaillierte bibliografische Daten sind im Internet über http://dnb.dnb.de abrufbar.

Lektorat: Tatjana Kreß
Korrektorat: Tatjana Kreß
weitere Mitwirkende: Heidi Giebels

Herstellung und Verlag: BoD - Books on Demand, Norderstedt

ISBN: 978-3-7583-2962-3

Für Nikolas

„Geht´s raus und spielt´s Fußball."

Franz Beckenbauer

Prolog

„Meine Seele hat es eilig"

von Mario de Andrade (San Paolo, 1893 - 1945),
Dichter, Schriftsteller, Essayist und Musikwissen-
schaftler;
einer der Gründer der brasilianischen Moderne

„Ich habe meine Jahre gezählt und festgestellt, dass
ich weniger Zeit habe, zu leben, als ich bisher gelebt
habe.

Ich fühle mich wie dieses Kind, das eine Schachtel
Bonbons gewonnen hat: die ersten isst es mit Vergnügen, aber als es merkt, dass nur noch wenige üb-
rig sind, begann es, sie wirklich zu genießen.

Ich habe keine Zeit für endlose Konferenzen, bei denen die Statuten, Regeln, Verfahren und internen
Vorschriften besprochen werden, in dem Wissen, dass
nichts erreicht wird.

Ich habe keine Zeit mehr, absurde Menschen zu er-
tragen, die ungeachtet ihres Alters nicht gewachsen
sind.

Ich habe keine Zeit mehr, mit Mittelmäßigkeit zu
kämpfen.

Ich will nicht in Besprechungen sein, in denen aufge-
blasene Egos aufmarschieren.

Ich vertrage keine Manipulierer und Opportunisten.

Mich stören Neider, die versuchen, Fähigere in Verruf zu bringen, um sich ihrer Positionen, Talente und Erfolge zu bemächtigen.

Meine Zeit ist zu kurz um Überschriften zu diskutieren. Ich will das Wesentliche, denn meine Seele ist in Eile.

Ohne viele Süßigkeiten in der Packung.

Ich möchte mit Menschen leben, die sehr menschlich sind.

Menschen, die über Fehler lachen können, die sich nichts auf ihre Erfolge einbilden. Die sich durch nichts berufen fühlen und die nicht von ihrer Verantwortung fliehen.

Die die menschliche Würde verteidigen und die nur an der Seite der Wahrheit und Rechtschaffenheit gehen möchten.

Es ist das, was das Leben lebenswert macht.

Ich möchte mich mit Menschen umgeben, die verstehen, die Herzen anderer zu berühren. Menschen, die durch die harten Schläge des Lebens lernten, durch sanfte Berührungen der Seele zu wachsen.

Ja, ich habe es eilig. Ich habe es eilig mit der Intensität zu leben, die nur die Reife geben kann. Ich versuche, keine der Süßigkeiten, die mir noch bleiben, zu verschwenden.

Ich bin mir sicher, dass sie köstlicher sein werden, als die, die ich bereits gegessen habe.

Mein Ziel ist es, das Ende zufrieden zu erreichen, in Frieden mit mir, meinen Lieben und meinem Gewissen.

Wir haben zwei Leben und das zweite beginnt, wenn du erkennst, dass du nur eins hast."

1

Galego stand am Strand. An seinem Strand. An dem Strand schlechthin. Seine Füße spürten den noch kühlen Sand. Einzelne Körnchen rannen zwischen seinen Zehen. Langsam kroch die Sonne aus dem wippenden Meer. Die leichten Wellen spülten die Sorgen der Nacht hinfort. Ihre ewige Melodie sang leise und sanft das Lied des Vergessens und der Hoffnung. Hoffnung auf einen neuen Tag. Eine einsame Möwe zog ihre Runde und hielt Ausschau nach einem ersten Fisch.

Galego spürte den leichten Wind, der seinen grünen Umhang flattern ließ, und die wärmenden Strahlen der Sonne. Er wusste, was jetzt zu tun war. Genüsslich sog er die frische Luft des frühen Morgens ein, blinzelte in die Sonnenstrahlen und ging tänzelnd weg vom Strand von Copacabana. Von dem Strand schlechthin. Von seinem Strand. Ein verträumter Blick hinauf zur Christus-Statue bestärkte ihn in seinem Plan. Galego war gefragt. Galego musste helfen.

Strand von Copacabana - Rio de Janeiro (Jochen Nagel)

2

João war echt noch müde. Der Tag kam zu früh. Viel zu früh. Die letzte Nacht war viel zu kurz und er hatte zu wenig, viel zu wenig geschlafen. Traumlos hatte er sich in seinem Bett hin und her gewälzt, eine gute Position gesucht, um endlich schlafen zu können. Aber es blieb bei einem Nickerchen. Zu sehr sorgte er sich um seine Mutter. Die Ärzte konnten die Krankheit nicht ergründen. Dabei ging es ihr wirklich nicht gut. Das sah João. Und er spürte es.

Er musste unbedingt Arbeit finden, aber das wollten viele Menschen in Rio de Janeiro. Für die Drogenbarone mochte er partout nicht tätig werden. Obwohl sie ordentlich bezahlten und für eine gewisse Sicherheit in seinem Viertel sorgten. Tja, und dann war da noch sein Projekt im Tijuca-Wald. Und nicht zuletzt dachte João an sein Mädchen, das hoffentlich seine Freundin werden würde. Joana. Das Girl von Ipanema. Zu viele Gedanken und zu wenig Schlaf. João war müde.

Eigentlich hieß João nicht nur João. Sein voller Name war João Nicolas Pinto da Luna. Seinen ersten Vornamen bekam er von seinem Großvater, einem begnadeten Fußballspieler. Er war damals bei der großen Trauer dabei gewesen. **Maracanaço.** Alle hatten sich den Coup Jule Rimet so sehr gewünscht. Mehr als zweihunderttausend Menschen mögen im Estadio Maracana dicht an dicht gestanden haben. Alles war bereitet. Nur verlieren war verboten. Und doch geschah das Unfassbare. Uruguay, ausgerechnet Uruguay siegte 2:1. Eine lähmende Stille breitete sich im Stadion, der Stadt und über das ganze Land aus.

Beschämt schlichen die Spieler vom Rasen, auf dem sie eben noch das schöne Spiel zelebriert hatten.

Noch im hohen Alter konnte und wollte sein Großvater nicht darüber sprechen. Zu sehr nagte das Versagen der Seleção an ihm. Besonders bitter empfand er, dass er aufgrund seiner Verletzung nicht mehr an den folgenden Triumphen mitwirken und die Schmach von Maracana vergessen machen konnte.

João eiferte ihm nach. Leidenschaftlich gerne lief er dem Ball, wirklich jedem Ball, hinterher. Egal wo, egal wann und egal bei welchem Wetter. Allerdings spürte er trotz aller Faszination und Freude für das Spiel, dass er nicht so gut würde spielen können, wie sein Großvater.

Auf seinen zweiten Vornamen hatte seine Mutter bestanden. Nicolas. Weltoffen, den schönen Künsten zugetan und voller Charme und Lebensfreude. Ein großer Geist. Es erfüllte Nicolas mit Stolz, auch wenn er sich nicht, vielleicht noch nicht, mit den Künsten anfreunden mochte. Ja, die Musik, den Rhythmus der Melodien, das hatte er wie wohl alle Brasilianer im Blut. Aber die Malerei oder die Dichtkunst, das war nicht seine Welt. Doch er gab sich in der Schule die allergrößte Mühe, auch um seine Mutter zu erfreuen.

Doch im Blut, wie sollte es auch anders sein, lag ihm das schöne Spiel. „O Jogo Bonito" erzählt von der Romantik des brasilianischen Fußballs und vom Stolz des Rekordweltmeisters. Fußball ist mehr als ein Spiel. Mehr als Sport. Er gehört zu Brasilien. Er ist Teil der Kultur, der Identität - des Lebens. Doch es erzählt auch vom Trauma. **Maracanaço** und **Mineiraço**. „Sete a um"; 7:1 als Fußballresultat und als ein in den Sprachgebrauch eingezogenes, geflügeltes Wort für Versagen.

Maracana als ein Stadion des Volkes mit Stehplätzen, soweit das Auge reicht. Und es bleiben immer diese Bilder. Von tanzenden und hoffenden, von verzweifelten und weinenden Menschen. Von den größten Spielern aller Zeiten. Von verwegenen Bolzplätzen. Von der Schönheit des Spiels. Egal, wie es ausgeht. Vom Leben, dem pulsierenden und schönen Leben mit all seinen liebenswerten Facetten. „O Jogo Bonito" - wie schön ist das Spiel.

Auch João träumte davon. Eines Tages würde seine Stunde kommen. Heute Abend wollten sie sich wieder am Strand treffen. Spielen. Das schöne Spiel. Der Ball war immer dabei. Damit sie spielen konnten. Egal wo. Am Strand. Im Wasser. Auf der Straße. Zwischen Hochhausschluchten. Auf Wiesen. Morgens. Mittags. Abends. Wie João hofften auch seine Freunde, dass eines Tages ein Spielerbeobachter sie entdecken würde. Von Corinthians. Oder Palmeiras, Flamengo, Botafogo oder Cruzeiro aus Belo Horizonte? Oder vom FC Santos, dem Pelé Club? Wer wusste das schon?

Jetzt musste er sich aber erst einmal beeilen. Zur Schule gehen und einen Job finden. Das war wichtig. Er war es sich und seiner geliebten Mutter schuldig. Obwohl er als großer Star genug Geld verdienen würde.

3

Vom Norden in der Karibik nach Süden in Patagonien sind es rund siebentausendfünfhundert Kilometer Luftlinie. Über die Straßen sogar weit mehr als zehntausend. Wer den Subkontinent bereist, bekommt ein Gefühl für seine ungeheure Weite. Das Gesicht Südamerikas prägen Regenwald, Wüsten und hohe Berge.

Brasilien hat über zweihundert Millionen Einwohner und ist das größte Land Südamerikas. Es bildet von der Fläche her fast die Hälfte des Subkontinents und ist damit auch das fünftgrößte Land der Erde. Seine weiteste Ausdehnung übertrifft sogar den Abstand Südamerikas zu Afrika. Brasilien hat mit allen südamerikanischen Staaten außer Chile und Ecuador eine gemeinsame Grenze. Die Geografie ist unglaublich vielfältig, aber oft ein Hindernis für die Entwicklung.

Und wenn Ordnung und Fortschritt, wie es in dem weißen Spruchband der brasilianischen Flagge heißt, endlich Raum greifen und Aufschwung, Fortschritt und Entwicklung vorangetrieben werden sollen, geschieht dies häufig mit brutalem Raubbau an der Natur oder rücksichtslosen Bauvorhaben. Vergessen sind rasch die wilde Schönheit des Amazonas-Regenwaldes. Verdrängt die zauberhafte Wildheit des Tijuca-Nationalparks. Mahnerinnen und Mahner für den Naturschutz und die Erhabenheit der Schöpfung mit all ihren Protesten und Appellen dringen nicht durch. Der unüberhörbare, drängend laute Ruf des Geldes übertönt alles.

So wie der Natur ging es auch zahlreichen Menschen. Afrikanische Sklaven wurden im 16. Jahrhundert als billige Arbeitskräfte entführt und entrechtet. Sie wurden unter menschenunwürdigen Bedingungen in den Minen oder auf den Zuckerrohrplantagen eingesetzt. Sie sollten die hier ursprünglich lebenden Indigenen, von denen viele an den von den spanischen Konquistadoren eingeschleppten, bis dato unbekannten Krankheiten gestorben waren, ersetzen. Doch obwohl sie rechtlos waren, behielten sie ihren Stolz. Und sie übten heimlich das Kämpfen. Für den Tag der Befreiung. Selbstredend war ihnen dies von der Obrigkeit streng untersagt. Daher ließen sie es wie Tanz aussehen. Mit rhythmischen Schritten, Überschlägen, Tritten und Ausweichbewegungen. Trickreich und akrobatisch. Stolz und schön. Die heutige Capoeira.

Noch bis in die Mitte der 1930er-Jahre war sie verboten. Danach breitete sich die afro-brasilianische Kunst, die Kampfkunst, die Musik und Tanz mit Kampf vereint, in ganz Brasilien aus. Meist läuft es so: Zwei Capoeirista stehen sich in einem Zuschauerkreis gegenüber. Um sie herum wird geklatscht, gesungen und musiziert. Ihre Bewegungen sind improvisiert, obwohl es so aussieht, als würden sie einer geheimen, traditionellen Choreografie folgen.

Ob Spiel oder Kampf. Es geht nicht ums gewinnen, sondern um das Gefühl von Gemeinschaft und den Ausdruck von purer Lebensfreude. Pura Vida. Auch sind die Capoeira-Moves gut für den ganzen Körper. Der brasilianischen Capoeira ist die Ginga entsprungen - eine lebensbejahende Philosophie.

Ja, Ginga, dieses mystische Wort hinter dem schönen Spiel. Ein Fußballtraum vom perfekten Rhythmus, vom vollendeten Miteinander und dem Zauber des „O Jogo Bonito.‟

So eiferten João und seine Freunde nicht nur der uralten Tradition nach, sondern strebten auf ein besseres Leben hin, um dem Müll, der Armut und der Gewalt in den Favelas von Rio de Janeiro entkommen zu können. Ein Traum, dies für immer schaffen zu können. Eine Hoffnung, die in den Stunden eines nie enden wollenden Fußballmatches keimte, wuchs und sie auch durch die tristen Tage trug. Erst recht beflügelte die Spielphilosophie sie natürlich zu guten Zeiten.

Ginga. Das war ihr Streben. Ihr Spiel. Ihre Tradition. Ihr Erbe. Ihre Geschichte. Ginga.

Aus diesem Geist erwuchsen etliche erfolgreiche Fußballer. Sucht man nach den Gründen für den Erfolg, wird oft angemerkt, dass die kräftigen, ehemaligen Sklaven so athletisch sind. Oder es liege an der Ernährung mit einer besonders proteinreichen Hülsenfrucht, wodurch sie so robust und laufstark sind.

Vermutlich liegt die Wahrheit in viel einfacheren Ursachen. Ihr Antrieb, aus der Armut auszubrechen und als Mensch wahrgenommen zu werden. „Wir müssen erfolgreich sein, damit wir anerkannt werden.‟

Das wussten auch João und seine Freunde. Fußball schweißte sie zusammen. Das Spiel ließ sie für Minuten oder Stunden die Probleme vergessen. Möglicherweise konnte der eine oder andere von ihnen das Ziel, Profisportler zu werden, auch erreichen. Doch ebenso wichtig wie Freundschaft, Gemeinsinn und Zusammenhalt waren Bildung und Arbeit.

4

Wieder einmal saßen João und seine Mutter im Wartezimmer des Arztes. Abermals eine der zahlreichen Untersuchungen. Eigentlich hatte João keine Lust mehr darauf, denn es gab die immergleichen Sorgenfalten im Gesicht des Mediziners. Daran an schlossen sich Behandlungen, die nur für kurze Zeit Linderung brachten. Und danach begann alles von vorne.

Seine Mutter Rosa war unglaublich tapfer. Sie hielt die Schmerzen aus. Sie ertrug die Bluttransfusionen, obwohl die Schwestern kaum mehr gute Wege fanden, um die Nadeln in die Adern zu bringen. Neulich hatten sie es am Fuß versucht; das klappte gut. Und seine Mutter war geduldig. João nicht. Irgendjemand musste seiner geliebten Mama doch helfen. Und nicht immer wieder diese wehleidigen Blicke oder diese nichtssagenden medizinischen Begriffe.

João verzweifelte.

Rosa kämpfte.

Um ihr Leben. Um ihren Sohn. Um ihre Liebe.

Rosa. Sie hatte ihren Namen nach der heiligen Rosa de Lima bekommen. Sie wird in der Kirche als Heilige verehrt. Mit bürgerlichem Namen hieß sie Isabel Flores de Oliva und hatte schon als Kind den Wunsch, ein gottgeweihtes Leben zu führen. Sie wirkte an der Gründung des ersten kontemplativen Klosters in Südamerika mit. Im Jahre 1671 sprach Papst Clemens X sie heilig. Sie ist die Patronin von Südamerika und wird bei Verletzungen und Familienstreitigkeiten angerufen.

Rosa würde helfen. Daran glaubte sie fest und versuchte, auch ihren ungeduldigen Sohn, der neben ihr zappelte, zu überzeugen.

Rosa Isabel Pinto da Luna. Sie würde kämpfen.

Dann, nach scheinbar endloser Wartezeit, öffnete sich die Tür zum Behandlungszimmer und Dr. Cristiano trat persönlich heraus. „Rosa," sprach er Joãos Mutter direkt an, „wollen wir?"

Beide erhoben sich mit schwerem Gemüt und noch schwererem Herzen in der Erwartung oder Befürchtung, was denn heute so kommen möge.

Nachdem alle Platz genommen hatten, eröffnete Dr. Cristiano die Sprechstunde.

„Rosa, ich habe mir ihre Blutwerte noch einmal sehr genau angesehen. Eigentlich sind sie gegenüber ihren letzten Besuchen besser geworden."

„Eigentlich," wollte João wissen, „was bedeutet denn eigentlich?" Da war er wieder. Dieser rastlose Junge, der seiner Mutter und der ganzen Welt helfen wollte. Manchmal träumte er davon, ein Superheld zu sein. Dann lief er mit seinem grünen Umhang umher und rief, so laut er konnte „Brasil" und alles wurde gut. Rastlos. Ruhelos. Hilfe und Hoffnung.

Seine Mutter legte beruhigend ihre Hand auf seine, atmete ruhig durch und sagte: „João, jetzt lass den Herrn Doktor doch bitte ausreden."

Dr. Cristiano räusperte sich und fuhr fort. „Du hast ja recht," räumte der Mediziner besänftigend ein, „entweder sind die Werte besser oder nicht. Und nicht eigentlich. Was ich damit sagen wollte, sagen will, ist Folgendes: Die Blutwerte an sich haben sich gebessert. Insgesamt zeigen sie, dass die Behandlung anzuschlagen scheint. Kummer bereitet mir, dass wir so viel Blut zuführen müssen."

Hier legte er eine Pause ein, schob die Brille zurecht, holte tief Luft und erklärte ruhig, dass sich die Milz voller Blut saugen würde und möglicherweise eine Operation notwendig werden könnte.

„Und selbst dann bin ich mir nicht gewiss, ob dies zu einer vollständigen Genesung führen wird."

Für einen Augenblick herrschte beredtes Schweigen im Behandlungszimmer. Nur das Ticken der Uhr war zu hören und gedämpfter Straßenverkehr.

Rosa fand als erste die Sprache wieder. Mit feuchten Augen, es ist das Privileg der Mütter, weinen zu dürfen, fragte sie Dr. Cristiano, ob eine Operation ohne Alternative wäre, oder ob es andere Behandlungsoptionen gäbe.

João blieb nicht so entspannt. „Tun sie doch etwas," schrie er in großer Sorge um seine Mutter den Arzt an, sprang auf, warf den Stuhl um und rannte wütend aus dem Zimmer.

„Junge," rief ihm Rosa noch hinterher, aber da flog längst die Tür zum Behandlungszimmer ins Schloss.

„Verzeihen sie ihm, Herr Doktor, es ist sehr schwer für ihn, nichts für mich tun zu können."

„Es gibt nichts zu verzeihen," antwortete Dr. Cristiano, „ich wäre in seiner Lage ebenso wütend, frustriert und kampfeslustig."

Wieder trat das Schweigen hervor. Aber Schweigen macht nichts besser. Es ändert nichts. Schweigen führt zum Grübeln. Grübeln begründet Sorgen. Und Sorgen befördern Depressionen. Und diese sind nicht gut für Geist, Körper und Seele. Nur wer spricht, dem kann geholfen werden.

„Um ihre Frage zu beantworten, liebste Rosa," hob der Mediziner nach einer angemessenen Stille an, „eine Operation ist eine Möglichkeit, um den Blutverlust zu minimieren und vielleicht sogar zu stoppen. Dann besteht die Hoffnung, dass sich ihre Blutwerte langsam, aber stetig weiter verbessern. Die Hoffnung. Keine Gewissheit. Zudem müssen sie sich schonen und so zur Genesung beitragen."

„Und wer soll das Geld für die Familie verdienen?" fragte Rosa, „Wer sich um João kümmern?"

„Ich weiß," sprach Dr. Cristiano zugewandt, „doch Ruhe ist alternativlos."

Eine dritte Atempause schlich sich ein.

„Hören sie,“ begann der Arzt erneut, „es gibt noch eine hoffnungsvolle Alternative. Allerdings ist die Behandlung …“

„… unerschwinglich,“ warf Rosa ein.

Dr. Cristiano rückte sich die Brille zurecht, strich über das dunkle Haar, in dem erste graue Strähnen aufreizend neugierig hervorlugten, und ordnete seinen weißen Kittel. Das braungebrannte Gesicht strahlte Zuversicht aus. Seine feingliedrigen Hände wirkten trotzdem so, als würden sie fest zupacken können.

„Nein,“ sagte er, „sie ist nicht unerschwinglich. Sie ist Teil eines Forschungsprojekts für eine umfassende Impfung. Eine Firma forscht und erprobt in den Vereinigten Staaten von Amerika. Eine weitere Firma ist in Deutschland. Sie sind sehr weit gekommen und die klinischen Tests versprechen gute Erfolge. Das könnte ihre Rettung sein. Eine große Hoffnung. Aber sie müssen vor Ort sein; das ist der Haken.“

Rosa wusste nicht so recht, was sie davon halten sollte. Sie schwankte zwischen Freude und Erleichterung einerseits, denn endlich gab es einen greifbaren Hoffnungsschimmer, und Sorge und Kummer andererseits, weil sie keinen blassen Schimmer hatte, wie sie das finanzieren sollte und vor allem, wie es João aufnehmen würde.

„Wir reden nächste Woche," sagte Dr. Cristiano, „bereiten sie sich bitte auf alle Alternativen vor und durchdenken sie diese in aller Ruhe. Wir entscheiden beim Termin in der nächsten Woche."

Trotz ein wenig Erleichterung erhob sich Rosa mühsam, reichte dem Arzt die Hand zum Abschied, drückte sie fest und wandte sich zum Ausgang. „Wissen sie, irgendwie muss ich doch Geld verdienen. Es soll João doch einmal besser gehen. Ich möchte ihm gerne Flügel geben. Und er soll entscheiden können, wie hoch er fliegt."

„Sie sind eine bemerkenswert mutige Frau, Rosa Isabel," verabschiedete Dr. Cristiano sie.

Dankbar nickte Rosa und dachte an ihre Namenspatronin.

5

João schob sein Fahrrad durch den Verkehr einer von Autos und Taxis verstopften Straße. Sein Kopf war schwer. Wie krank seine Mutter doch war und wie hilflos die Ärzte. Er war immer noch wütend. Auf den Arzt. Auf seine Mutter. Vor allem aber auf sich selbst.

Er hatte sich nicht im Griff gehabt und das half seiner Mutter am wenigsten.

Weiter und weiter schob er sein Fahrrad bergan. Er hatte sein Trikot an, hangelte sich über einen Balkon und eine Treppe hinauf in den dritten Stock auf eine Dachterrasse. Ein halbes Dutzend seiner Freunde saß schon auf den Mauern und Mauerresten. Von hier aus blickten sie auf tausende bunte Häuser der riesigen Favela, einen beeindruckenden Granitfelsen, Regenwald und darunter, wie das Ende der Welt, die Strände von Rio.

Alle wollten Fußballspieler werden. Mit ihrem Sport, den sie von Herzen liebten, ihr Leben und das ihrer Familien verbessern. Finanziell und sozial. Der Sport als Ausweg und Flucht vor den Drogen und den Gangs.

„Wenn die Regierung uns nicht hilft, müssen wir es selbst tun." Das war ihr Motto, ihr Eid.

Das Leben in den Favelas war noch immer schwierig. Müll, Krankheiten, Gewalt, Kriminalität. Immer wieder starben Menschen an Krankheiten, wie Tuberkulose, oder bei Schießereien zwischen rivalisierenden Gangs. Man wusste gar nicht, ob es besser war, wenn die Polizei an den Zufahrtswegen zu den Favelas kontrollierte oder eine der Gangs. Es war ein Trauerspiel.

„Wir haben kein Geld und kaum Möglichkeiten," sagte Rui Gomes, „aber wir haben uns und den Fußball."

„Genau," antwortete João, „wir wollen nicht im Drogensumpf untergehen. Wir trainieren zusammen. Wir spielen zusammen. Wir gehören zusammen. Gemeinsam kann es uns gelingen."

Alle nickten. Allein Fabio wiegte nachdenklich mit seinem Kopf hin und her. Sichtbar kämpfte er mit sich, ob er seinen Freunden zustimmen oder etwas anderes sagen wollte.

„Spuck Buchstaben," rief Rui Gomes ihm zu.

„Habt ihr auch schon davon gehört?" fragte Fabio leise. „In den reichen Stadtteilen haben sie ein Auge auf unsere Favela geworfen."

Ungläubig starrten ihn alle an.

„Doch, wegen der Schlammlawinen und dem Müll, der nach den kräftigen Regenfällen immer mal wieder ins Tal stürzt. Sie denken darüber nach, unsere Heimat, so schmutzig sie auch ist, einfach abzureißen. Es ist doch unsere Heimat." Eine einsame Träne rann über seine staubigen Wangen.

In der Tat waren nach stärkeren Regenfällen in den vergangenen Jahren, die Müll und Schlamm ins Tal spülten, Debatten über die Favela aufgekommen.

Menschen waren gestorben, Autos weggerissen und Berge von Müll an die Strände gespült worden. Dies hatte nicht nur die Stadtregierung auf den Plan gerufen, sondern zahlreiche Bewohnerinnen und Bewohner der wohlhabenderen Viertel, die sich um ihr Eigentum sorgten.

„Ich höre mich einmal um," beruhigte João vorerst seine Freunde.

Meist verliefen die Debatten im Sande, denn für sinnvolle Lösungen fehlte es häufig am politischen Willen oder am nötigen Geld oder an Beidem. Aber João wollte wachsam bleiben.

„Jungs, wollen wir jetzt weiter hier oben hocken, Trübsal blasen und auf die Regierung schimpfen," wandte Marcio ein, „oder wollen wir endlich spielen? Unser Spiel."

Er riss alle aus der Nachdenklichkeit.

„Ginga," tönte ihr Schlachtruf und sie machten sich auf, eine abendliche Partie zu spielen.

Sein Freund Rui Gomes, genannt El Pulpo, stand im Tor. Mit seinen gefühlt acht Armen schien er jeden noch so schweren Ball zu halten. Gua Gua, so sein Spitzname. Es bedeutete Autobus, weil Rui Gomes immer mit dem Bus kam. Egal, wann oder wo sie spielten. Wenn sie ihn dann wieder einmal aufzogen, zuckte er bloß mit den Schultern und sagte: „Das ist wegen dem Klima. Und außerdem ist es günstig, preiswert, ja, beinahe kostenlos. Ein Fahrrad kann ich mir nicht leisten. Außerdem wird bei uns im Viertel viel zu viel geklaut."

Sie spielten ihr Spiel. Und bei diesem Spiel wollte jeder ein Superheld sein. Ein Garrincha, ein Tostao, ein Rivaldo, ein Ronaldo und natürlich immer wieder Pelé. Der Fußballer. Der Star. Der Held. Ihn vergötterten sie.

Der Brasilianer, der eigentlich Edson Arantes do Nascimento hieß, gilt als der beste Fußballer aller Zeiten. Dabei hatte Pelé, der 1940 geboren wurde und in ärmlichen Verhältnissen aufwuchs, bis zu seinem elften Lebensjahr nur Straßenfußball gespielt. Meist ohne Schuhe, denn die konnte er sich nicht leisten. Als ihn ein Talentsucher entdeckte, ging alles ganz schnell. Mit 16 schoss er bereits sein erstes Tor in einem Länderspiel. Dreimal wurde er Weltmeister und schoss in über tausend Spielen mehr als eintausendzweihundert Tore.

Ihm eiferten sie nach. Egal, ob sie genug waren, um ein richtiges Fußballspiel mit zwei kompletten Teams auszuüben oder, wenn zu wenige von ihnen Zeit hatten, sie „Kick it out" spielten. Jeder hatte dann zehn Punkte, nur der Torhüter elf. Jeder Treffer führte zum Abzug von Punkten. Ein Schuss gab einen Punkt. Ein Kopfball zwei. Und ein Fallrückzieher fünf Punkte. So übten sie ihre Ballfertigkeit. Und hatten Spaß. Manchmal auch Streit. War das jetzt ein Seitfallzieher? War das jetzt mit der Hacke ins Tor? War der Ball überhaupt drin? Anyway. Am Ende des Tages gewann einer von ihnen oder irgendwie alle und sie gingen immer als Freunde auseinander. Das Spiel prägte sie. Zusammenhalt. Freundschaft. Herausforderungen annehmen und bewältigen.

Sie spielten ihr Spiel. Sie liebten ihr Spiel. Sie lebten ihr Spiel.

Bones hatte genug. Genug vom Warten in der dunklen Höhle. Genug von Hunger und Durst. Genug von den andauernden Warnungen seiner Eltern. Ja, seine Eltern Dagoberto und Doralice hatten ihm strengstens, nein, aller-strengstens untersagt, den sicheren Unterschlupf zu verlassen. Aber Bones war hungrig. Er war durstig. Er war ungeduldig. Und Bones war neugierig.

Was verschwiegen ihm seine Eltern über die Welt da oben? Es musste sehr spannend sein. Aber, er wollte ein folgsames Kind sein. Also rief Bones zunächst nach seinen Eltern. Nachdem er keine Antwort erhielt, fand er, es stünde ihm jetzt zu, die Welt da draußen zu erkunden. Die angeblich so gefährliche Welt.

Dagoberto, Doralice und Bones gehörten zur äußerst seltenen Art der Rothauben-Regenwaldtaucher. Oder anders ausgedrückt: Tijuca Dragonera. Sie waren eine kleinwüchsige Drachenart. Ihre Eier brüteten sie unter großen Bäumen aus, die entsprechend Nahrung, Schutz und Erdwärme boten. Denn Dracheneier sind härter, sie benötigen mehr Wärme, um ausgebrütet zu werden. Drachenhitze. Und weil Rothauben-Regenwaldtaucher nur alle sieben mal zwölf Jahre, in der Allerheiligen Jahreszahl, ein Ei legen und ausbrüten, waren sie so selten.

Davon wusste Bones nichts und es hätte ihn auch nicht interessiert. Er hatte Hunger. Er hatte Durst. Und er wollte jetzt raus aus dieser Höhle, in der er bereits viel zu viel Zeit verbracht hatte.

So buddelte er sich seinen eigenen Geheimgang am hintersten Ende der Drachenhöhle. Immer an der ältesten Wurzel entlang. In die ersehnte Freiheit. Und obwohl er ahnte, dass ihn der Pfad nahe der Wurzel an die Oberfläche führen würde, ging es ihm nicht schnell genug. Er schimpfte, gluckste, gurgelte, brummte und kratzte. Bones machte Geräusche.

8

Es war nur ein Schluchzen.

Aber Galego hörte es. Obwohl seine Mutter immer wieder einmal behauptete, dass er nicht gut hören würde. Vor allem, wenn er einem Ball hinterherlief.

Da war es erneut. Dieser Seufzer. Als würde jemand ein Weinen zu unterdrücken versuchen.

Vorsichtig schlich er zur Küche, aus der das Geräusch kam. Leise stellte er sich in den wackligen Türrahmen. Erschrocken sah er die verweinten, geröteten Augen seiner Mutter.

„Weinst du?"

Sie schreckte unvermittelt aus ihren Gedanken hoch, sah ihn traurig an, versuchte ein Lächeln anzudeuten und sagte: „Nein, mein Schatz, ich weine nicht."

„Sieht aber so aus. Hört sich auch so an," erwiderte Galego.

„Nein, mein Sohn, es ist okay."

Galego verstand die Welt und die Sprache der Erwachsenen nicht. Seine Mutter weinte. Eindeutig. Seine Mutter bekümmerte etwas. Eindeutig. Ihr Gesicht sprach Bände. Und dennoch sagte sie genau das Gegenteil. Irritiert schüttelte Galego seinen Kopf, wandte sich um und ging in sein Reich.

Unter seinem Kopfkissen lag der grüne Umhang. Ein wenig verschlissen. Zu klein geworden. Etwas verblasst. Doch es war sein Heldenumhang. Flugs band er ihn um und rannte in die Küche zu seiner Mutter. Dabei rief er laut und vernehmbar: „Brasil. Brasil."

Sein kindlich unverrückbarer Glaube hoffte auf die Heldentaten von Galego. Wenn er nur sein Cape anlegte und laut den Namen seiner geliebten Heimat rief, würde alles gut werden.

Mit einem „Brasil. Brasil" auf den Lippen und einem strahlenden Heldenlächeln stürmte er mit seinem grünen Umhang auf seine Mutter zu und umarmte sie ganz fest.

Dafür erntete er ein fürsorglich-dankbares Lächeln von ihr.

Das Schluchzen verschwand langsam. Eine letzte Träne, aber als Freudenträne, rann über ihre Wangen und das mütterliche Funkeln kehrte in ihre Augen zurück.

Nun umarmten sich Beide, Mutter und Sohn. So verweilten sie einen zauberhaft innigen Augenblick. Schließlich strich sie Galego über seine Wange, zerzauste seine blonden Haare und sagte: „Ich danke dir. Von Herzen. Das tat gut."

Nun strahlte auch Galego. Denn: Galego hatte geholfen. Er war nicht verrückt, wie manche in Rocinha sagten. Er war Galego. Ein Held. Und Galego hatte geholfen. Dem wichtigsten und liebsten Menschen auf der Welt.

Seiner Mutter.

Galego

Galego

Ajuda e esperança

9

Baudirektor Enzo Bolnero lehnte sich entspannt zurück. Er hatte seine wichtige Arbeit erledigt. Nun war es an Bauingenieur Robinho, das Stadtparlament zu überzeugen.

Für die detaillierten, praktischen und kleinteiligen Fragen war er nicht zuständig. Seine Fähigkeiten lagen in strategischen Überlegungen, politischer Überzeugungsarbeit und genialer Kommunikation. Wie auch immer es ihm gelang, früher oder später glaubten seine Gesprächspartnerinnen und -partner, dass genau dies schon immer ihre oder seine Idee gewesen wäre.

Enzo war ein Manipulator. Er schmunzelte. Aber mehr innerlich. Am Ende würden seine Überlegungen gewinnen. Er würde gewinnen. Und ganz am langen Ende würde er abermals viel Geld verdienen.

Doch irgendwie war das zur Nebensache geworden, denn er hatte ja bereits ein stattliches Vermögen mit Bauvorhaben, Landkäufen oder -verkäufen sowie durchaus riskanten Anlagegeschäften angehäuft. Meistens irgendwie legal.

Mittlerweile reizte ihn das Spiel. Das Ränkespiel. Würde er die richtigen Figuren auf dem Schachbrett in die für ihn richtige Konstellation bringen? Würde er die Menschen überzeugen? Würde er ihnen seine Ideen einpflanzen können? Würde er alles, aber auch wirklich alles in diesem Spiel bis zum Ende bedenken? Würde er auf jede Eventualität vorbereitet sein?

Enzo Bolnero schmunzelte und lehnte sich auf der Besuchertribüne des Stadtparlaments von Rio de Janeiro zurück. Sein Bauer, pardon, sein Bauingenieur Robinho war nun an der Reihe. Wie es schon in der Flagge Brasiliens - Ordnung und Fortschritt - heißt, hatte er ihm von seinem Projekt die bedeutsamen Schlagworte eingetrichtert.

„Ordnung und Fortschritt" hieß Verlässlichkeit und Vertrauen in den Staat und die politisch Verantwortlichen. Sie würden es schon richten und patriotisch zum Guten für das brasilianische Volk wenden.

In diesem Sinne hatte er den idealistischen jungen Ingenieur gewinnen können. Für sein Projekt. Für das Zukunftsprojekt. Wieder und wieder trug er ihm in langen, scheinbar endlosen Gesprächen vor:

„Fortschritt und Zukunft,
Zeit- und Kostenersparnis,
Sicherheit und Klimafreundlichkeit,

Wirtschaft und Wohlstand."

Alles zum Wohle der Menschen.

Anfangs war Robinho noch skeptisch gewesen. Doch bald schon griffen die altbekannten, smarten verbalen Verführungskünste von Enzo Bolnero. Bauingenieur Robinho sog alles in sich auf, berechnete, plante, zeichnete und verfiel den Visionen seines Chefs. Er brannte für das Projekt. Sein Zukunftsprojekt. Endlich konnte er allen beweisen, zu welchen Leistungen er fähig war. Hier und heute im Stadtparlament. Alles war bereitet.

Enzo Bolnero lehnte sich zurück.

Die Präsidentin des hohen Hauses rief Bauingenieur Joaquin Robinho ans Rednerpult.

10

João liebte es, im Tijuca-Wald spazieren zu gehen. Einfach zu schlendern und seinen Gedanken nachzu-hängen. Wenn er nicht gerade einem Ball nachjagte, einen seiner Jobs erledigte oder zur Schule ging.

Dieses Naturschutzgebiet hatte für ihn etwas Verzau-berndes. Die schmalen Pfade durch endloses Grün über knorrige Wurzeln und raschelnde Blätter. Durch das dichte Blätterdach blinzelten die Sonnenstrahlen und berührten zart den Boden. Eng rückten die Bäume an den Pfad. Lianen rankten hinüber. Äste versperrten den Weg. Jeder Weg und jeder Schritt schien ein Abenteuer.

Besonders gerne schlängelte sich João durch die Wildnis zum Wasserfall. Versteckt und beinahe vergessen zwischen Bäumen, Farnen, Sträuchern und Felsen gluckste das klare Wasser über die Steine und rauschte geradezu fröhlich in einen Pool. Tief genug, um mit den Füßen darin zu spielen und ihnen Linderung nach einer Wanderung zu gönnen. Nicht tief genug, um zu baden.

Das war João allerdings einerlei. Hier atmete er für eine Weile durch und träumte vor sich hin. Die frische Luft tat gut. Er konnte seine vielen, unübersichtlichen Gedanken ordnen. Die Sorgen um seine kranke Mutter, die ihn ihre Krankheit nicht spüren lassen wollte, weil sie stark war und ihm seine jugendliche Unbeschwertheit nicht nehmen wollte. Aber sie waren da, die Sorgen. Über seine Mutter. Oder über die Schule. Würde er den Abschluss, die Prüfungen schaffen? Würde er einen guten Beruf finden? Könnte er seiner Familie helfen?

Natürlich dachte João an seine Freunde. An Rui Gomes. An Fabio. An Marcio. Sein Team im Team. An Fußball. Immer wieder Fußball. Hier war er ganz er selbst. Ganz bei sich. Und dann spukte Joana, das Mädchen aus Ipanema, in seinem Kopf herum. Sie war das schönste Mädchen, das er je gesehen hatte. Die schulterlangen, dunkelblonden Haare, die mit zwei zarten Klammern gebändigt waren. Ihre graublauen Augen. Die vollmundigen Lippen. Das kleine, diamantene Piercing in ihrem Bauchnabel, das unter dem knappen Shirt neugierig hervorlugte.

João seufzte leise.

Wie sollte er sie nur ansprechen? Wie könnte er sie je für sich gewinnen? Er aus der armen Favela. Und sie das Mädchen von einem der berühmtesten Strände der Welt. Es gab sogar ein Lied. The Girl from Ipanema von Astrud Gilberto.

Erneut sog João tief Luft ein und summte die wohlbekannte Melodie. Dann erschrak er. Oh, je, er hatte - wieder einmal - die Zeit vergessen. Nachdenklich stieg er, nachdem er die Schuhe wieder angezogen hatte, vom Wasserfall weg den engen, steilen Pfad empor. Kräftige Bäume mit großen, oberirdischen Wurzeln umschlungen von Farnen und Lianen säumten den Weg. Das Sonnenlicht tanzte zwischen den im

Wind wiegenden Blättern. Dicht an dicht wuchs das Grün. Aus dem Boden reckten sich weitere Pflanzen dem hellen Schein entgegen. Ein tägliches Ringen. Im Wald. Und in der Favela.

João mochte alle Bäume. Am liebsten würde er sie umarmen, auch wenn dies bei den alten und uralten Riesen, die von Efeu bedeckt waren, nicht möglich war. Er liebte den Tijuca-Wald. Ein Idyll. Sein Idyll. Ein Refugium. Eine lebendige Legende.

Vom Wasserfall wanderte João schnurstracks zu einem der Aussichtspunkte. Der dichte Wald lichtete sich langsam. Die Sonne trat frei hervor mit all ihrer Kraft und Wärme. Unter dem Dach eines Pavillons ruhte João für eine Weile aus und blickte hinaus aus dem Tijuca, seinem Wald. Grün, das war seine Farbe. Wie die Farbe der Landesflagge.

Unter ihm glitzerte ein See zwischen dem Häusermeer inmitten der pulsierenden Metropole. Beinahe unwirklich. Natur und Zivilisation vereint und umarmt. Links von ihm erhob sich steil und majestätisch unter einem klaren blauen Himmel mit ein paar wenigen weißen Wölkchen der Corcovado. Die Christus-Statue strahlte hell, die Arme weit ausgebreitet, um die Kinder der Welt zu empfangen.

„Auch solch ein magischer Platz," dachte João und zudem einer, an dem er manchmal mit Schuheputzen ein wenig Geld verdienen konnte. Voraus der Zuckerhut, wie sie ihn alle nannten, und dann verschwammen die grünen Hügel und Inseln, die sich im dunstigen Sonnenlicht im Meer räkelten.

Corcovado - Rio de Janeiro (Jochen Nagel)

Er wollte gerade weitergehen, um an einem weiteren Wasserfall, der in zwei parallelen Bahnen auf einem Felsen herabrutschte, hin zu seinem rosafarbenen Schlösschen im Urwald zu gehen. Dort, so träumte er, würde er mit Joana wohnen wollen. Fernab aller Hektik und allen Trubels. Vier Säulen empfangen den Gast. Ein Sonnenstern behütet das Gebäude, das sich klein, aber fein in den Wald schmiegte. Der gepflasterte Weg, begrenzt von Sträuchern und umrahmt von Bäumen signalisiert Heimeligkeit und Willkommen.

Ach, könnte er doch nur den Mut fassen und seiner verehrten Joana berichten. Alles würde gut werden. Während er derart sinnierend in Richtung „seines" Heims marschierte, vernahm João seltsame Geräusche. Etwas derartiges hatte er noch nicht gehört.

Eine nicht definierbare Mischung aus Röcheln, Gurgeln, Kratzen, Grummeln, Fauchen und Gluckern drang aus einem der einsamen Baumriesen rechts des Weges. Oder kam es aus dem Blätterdach? Oder nahe der Wurzeln? João wusste es nicht.

Er blieb stehen und lauschte. Ja, es kam aus dem Wald. Dieses merkwürdige Geräusch drang weiter an seine Ohren. Neugierig, aber gleichwohl vorsichtig verließ João den Weg und ging in den Wald. Eindeutig. Vom allergrößten Baum her verbreiteten sich die nicht menschlichen Töne. So viel war sicher.

Behutsam stieg er über knorrige Wurzeln, umging Schlingpflanzen, duckte sich unter niedrigen Ästen hindurch und näherte sich gemächlich dem Stamm. Nichts war zu sehen.

Er umrundete den ausladenden Stamm.

Nichts zu sehen.

Er blickte nochmals hinauf ins Blätterdach, blinzelte gegen die Sonnenstrahlen und suchte Ast um Ast ab.

Nichts zu sehen.

Er kletterte ein wenig hinauf und schaute in die Astlöcher und Hohlräume.

Nichts zu sehen.

Das Geräusch aber blieb. Gleich dem Ruf eines jungen Tieres nach seinen Eltern. Hungrig und ängstlich zugleich.

„Wo bist du? Und vor allem, wer bist du?" fragte João laut.

Unter seinen Füßen begann die Erde, sich zu bewegen. Aber es war kein Erdbeben. Das fühlte sich eindeutig anders an, wenn der Boden plötzlich vibrierte, alles zu schwanken begann und man zunächst nicht wusste, wie einem geschah und was man tun sollte. Ein beängstigendes Gefühl.

Nein, so war es momentan nicht.

Die braunen und grünen Blätter am Boden bewegten sich, obgleich kein Wind, kein Lüftchen, nicht einmal ein Hauch blies. In der Erde bildeten sich feine Risse,

sie wurde vorsichtig, aber bestimmt und stetig aufgewühlt. Das Geräusch blieb.

João schauderte. Hier begab sich zwar kein Erdbeben,
jedoch irgendetwas im Untergrund strebte eindeutig
hinaus. Es gab im Tijuca-Wald durchaus gefährliche
Tiere. Vielleicht sogar giftige Arten? Der Wald war
groß und wild. Deshalb liebte er ihn ja so sehr.

Allerdings bereiteten João die immer lauter werden-
den Geräusche und der sich höher auftürmende Erd-
hügel Sorgen. Von Angst wollte er noch nicht sprechen. Er fühlte sich in diesem grünen Refugium ja regelrecht zuhause. Aber ein wenig fürchtete sich João
vor dem Unbekannten. Was passierte hier gerade?

11

Rosa saß noch immer in der Küche. Sie lächelte.

Ihr Sohn hatte ihr Mutterherz tief berührt. Mit diesem
kindlichen Glauben, dass alles irgendwie gut werden
würde, hatte er die Tränen getrocknet und ein wenig
Zuversicht in ihr Gesicht gezaubert.

Ihre gemeinsame zärtliche, innige und gleichermaßen
kraftvolle Umarmung hatte in ihr neuen Mut

ausgelöst. Rosa wusste nicht, woher dieser Glaube, oder war es mehr ein Wunsch, an eine gute Zukunft kam. Aber in diesem Augenblick war es ihr einerlei.

Galego hatte geholfen.

Sie würde mit Dr. Cristiano über die Behandlung sprechen. Egal, ob diese nun in den Vereinigten Staaten von Amerika oder in Deutschland stattfinden würde.

Ihr Sohn hatte, ohne dass dieser es ahnte, sie darin bestärkt. Er war alt genug. Er würde es schaffen. Und inzwischen glaubte sie, dass sie es ebenfalls schaffen könnte. Nein. Sie würde es schaffen.

„Brasil".

Galego hatte geholfen.

Rosa dankte ihrem Sohn und zugleich ihrer Namenspatronin, Rosa de Lima.

12

Bones machte Geräusche. Eben jene Geräusche, die João vernommen und denen er nachgegangen war.

João starrte gebannt auf den Boden. Mehr und mehr hob sich die Erde. Lauter und vernehmbarer hörte er die nicht definierbaren Geräusche. Eine Mischung aus Knurren, Brummen und einem unwirschen, unzufriedenen Gebrabbel. Insgesamt merkwürdig.

Bones wühlte sich durch die immer locker werdende Erde. Bald müsste er es doch geschafft haben. Wohnten sie wirklich so tief unter der oberen Welt? Links von sich spürte er noch den festen, nicht durchdringbaren harten Bereich der uralten Wurzel. Aber rechts davon wühlte er sich unaufhaltsam in Richtung Erdoberfläche. Leichter und leichter fiel ihm das Graben. Meter um Meter kam er voran. Einerseits spürte Bones eine neugierige Euphorie. Andererseits brummte er unzufrieden vor sich hin. Ein Drachenbrummen. Drachenatem. Noch ohne Feuer.

João erstarrte. Er fixierte den Boden, der sich bewegte. Eine unaufhaltsame Spur aus den Tiefen des Waldes gen Oberfläche. Was war das? Wer war das? João erstarrte.

Bones brummte vor sich hin und spürte, dass er nur noch wenige Augenblicke von der Oberfläche, der Freiheit, entfernt war. Was würde ihn dort erwarten? Seine Eltern, Dagoberto und Doralice, hatten ihn stets vor den Gefahren gewarnt. Aber was gab es dort

wirklich Gefährliches? Bones war schließlich ein Dra-
che. Wenn auch nur ein kleiner.

João beobachtete die aufgewühlte Erde. Irgendetwas
grub sich mit großer Energie und unbändigem Willen
heraus. Seine Mutter hatte ihn stets zu allergrößter
Vorsicht gemahnt, wenn er in den Tijuca-Wald ging.
Es soll dort wilde Tiere geben. Allerdings erschienen
ihm diese Bewegungen viel zu winzig für eine Gefahr.

Bones blinzelte. Durch die letzten Erdkrumen brach
das Tageslicht. Frische Luft strömte in seinen unterir-
dischen Gang. Er blinzelte erneut. Noch vermochte er
nichts zu erkennen. Alles schien irgendwie grün.

Dann gab das Erdreich nach. Das Brummen hatte auf-
gehört. Die Erde gab nach und etwas frei. João
schaute genau hin. Gebannt. Angespannt. Nervös.
Aber ohne Furcht. Das erstaunte ihn.

Bones hob zum allerletzten Kraftakt an. Gleich war es
geschafft. Er würde seiner dunklen Drachenhöhle entkommen und seine Freiheit entdecken. Nur noch wenige Klumpen Erde. Allerletzte Steinchen. Bones
stemmte mutig das letzte Stückchen seines Weges
frei.

Licht. Luft. Helligkeit. Grün. Magisches Grün. Ein Zauber von Sonne, Wind und Himmel. Bones atmete erleichtert durch.

Doch was war das denn?

João starrte gebannt auf die um Freiheit ringende Kreatur. Eine rote Haube drängte sich aus dem Erdreich. Ein Kopf folgte. João suchte nach einer Möglichkeit, sich zu verteidigen. Einen Stock. Einen Stein. Doch er war zu gefesselt von dem, was sich da gerade im Tijuca tat. Ein Röcheln. Ein Brummen. Ein Schnaufen. Atem. Drachenatem.

Und dann ein Schrei aus zwei Kehlen: „Aaaaah."

Bones rutschte eine klitzeklein wenig in seinen Höhlengang zurück.

Und João fiel auf seinen Allerwertesten.

„Aaaaah."

Ein Schrei.

Und dann Stille.

13

Ein trauriges Kapitel.

14

Bauingenieur Joaquin Robinho räusperte sich, trank noch einen Schluck aus dem auf dem Rednerpult bereitgestellten Glas Wasser und wandte sich dann zunächst an die Präsidentin des Stadtparlaments, Maria Esperanza.

„Sehr geehrte Frau Präsidentin," um dann die politisch Verantwortlichen der Metropole anzusprechen, „verehrte Abgeordnete von Rio de Janeiro."

Joaquin musste schlucken, trank noch etwas Wasser, um die Nervosität hinunterzuspülen und setzte seine Rede mit einem leichten Krächzen in seiner Stimme fort. Er wusste um die Bedeutung seiner Ansprache. Heute konnte er alles gewinnen oder alles verlieren. Heute stand nicht nur das Projekt, sondern auch seine Karriere auf dem Spiel. So oder so ähnlich hatte es ihm sein Mentor und Boss Enzo Bolnero gesagt oder gemeint. Joaquin sammelte seine Gedanken, kämpfte um seine innerliche Ruhe - und dann war sie plötzlich und unerklärlich da.

„Die Stadterneuerung der Zukunft: Was die Welt von Rio de Janeiro lernen kann. Oder: Der neue Umgang mit Favelas in Rio de Janeiro kann wegweisend werden für die Stadtplanung der Zukunft.“

Ein Raunen ging durch das Stadtparlament. Noch musste Maria Esperanza nicht eingreifen, aber sie war jetzt äußerst wachsam. Was der junge Mann da aussprach, kritisierte die bisherigen Entscheidungen und machte die Delegierten zu Recht nervös.

„Geschätzte Frau Präsidentin, sehr geehrte Damen und Herren Abgeordnete, geben Sie mir ein paar Minuten ihrer wertvollen Zeit, das Unsagbare zu erklären. Danke.“

Ruhe kehrte ein.

„Die Zukunft der Stadtplanung beginnt vielleicht gerade hier und heute in der zweitgrößten Stadt Brasiliens. Aber nicht entlang der glitzernden Strandpromenade von Ipanema, die von einigen der teuersten Immobilien in Lateinamerika gesäumt ist. Und auch nicht im Stadtviertel Centro, das für die Sommerspiele 2016 herausgeputzt wurde und jetzt im Mittelpunkt eines großen Plans zur Stadterneuerung steht. Für einen Blick auf die Stadt der Zukunft muss man an der Lagune Rodrigo de Freitas vorbei zum Viertel um den Jardim Botânico gehen und dort die steilen Hänge bewundern, an die sich das überquellende Viertel Rocinha waghalsig klammert.

Die Urbanisierung hat sich in den vergangenen Jahren überall dramatisch beschleunigt. Auf unserem Planeten entsteht alle sieben Wochen eine neue Stadt in der Größe Londons. Dieses explosionsartige Wachstum finden vor allem in „informellen Vierteln" statt. In Brasilien heißen solche Gegenden Favelas. Rocinha ist die größte der vielen Favelas, die über die vielen Hügel von Rio de Janeiro verstreut liegen, und hat, je nachdem, wem man glaubt, 100.000 bis 200.000 Einwohner."

Ein zustimmendes Raunen schwebte durch die Reihen. Joaquin, zunehmend selbstbewusst, setzte seinen Vortrag fort.

„Favelas gibt es bereits seit Ende des 19. Jahrhunderts. Nach der Abschaffung der Sklaverei im Jahr 1888 bauten sich zahllose befreite Sklaven und entlassene Soldaten an den Rändern brasilianischer Städte mit provisorischen Materialien ein eigenes Zuhause. Die so entstandenen Stadtviertel wurden nach den Baumarten benannt, von denen sie umgeben waren. Heute leben Schätzungen zufolge 12 Millionen Brasilianer in Favelas, wo sie nur eingeschränkt Zugang zu Trinkwasser und Elektrizität haben und wo schwere Krankheiten wie Tuberkulose und Lepra grassieren.

Viele Jahrzehnte lang kannten Politiker und Stadtplaner nur eine einfache, brutale Lösung: die Favelas abzureißen und auf der gewonnenen Fläche wieder bei null anzufangen. Diese Methode zur Beseitigung informeller Stadtviertel hat eine lange Geschichte - nicht nur in Brasilien.

Im Jahr 2003 wagte sich die Stadt Medellín in Kolumbien an eine neue Strategie. Anstatt der Verlockungen einer tabula rasa zu erliegen, ließen sich die Stadtplaner von drei Grundsätzen leiten. Erstens versuchten sie, wo immer möglich, das urbane Gefüge der informellen Viertel zu erhalten. Zweitens schufen sie neue öffentliche Räume, wie Plätze, eine Bibliothek oder einen Fußballplatz. Und drittens sorgten sie durch ein Netzwerk aus Seilbahnlinien, die über das schwierige Terrain schweben, für neue Verbindungen zwischen den ungeplanten und den geplanten Stadtvierteln.

Die Vorteile dieser neuen Vorgehensweise zeigten sich schnell. Das lang für seine Straßenkriminalität berüchtigte Medellín ist inzwischen als erfolgreiches Vorbild für Stadterneuerung anerkannt. Dieses Experiment zur Aufwertung und Eingliederung informeller Viertel war die Geburtsstunde einer neuen, integrativen Form der Stadtplanung."

Erster, spontaner Beifall kam auf. Maria Esperanza sorgte für Ruhe und Ordnung und forderte Joaquin auf, jetzt zum Ende zu kommen.

„Gerne, sehr geehrte Frau Präsidentin. Zwanzig Jahre nach dem Erfolg des „Medellín-Modells" fragen wir uns, ob es möglich ist, dieses durch ein „Rio-Modell" für das 21. Jahrhundert zu ersetzen. Unser Vorschlag soll Rocinha modernisieren und das Verhältnis zwischen den Menschen und ihrer Stadt verbessern. Dazu soll eine digitale Karte von Rocinha erstellt werden. Aufgrund der komplexen, unregelmäßigen Struktur der Favela ist dies für herkömmliche kartografische Instrumente eine unmögliche Aufgabe. Laserscanning und digitale Datenbanken dagegen vermessen hunderttausende Punkte pro Sekunde, und zwar auf wenige Millimeter genau.

Die Kartierung von Rocinha ist der erste wichtige Schritt für ein Projekt zur Stadterneuerung. Nur wenn man genau weiß, was wo ist, kann das Gebiet an die städtische Infrastruktur, d. h. an Elektrizitäts-, Trink- und Abwassernetze angeschlossen werden. Außerdem ermöglichen diese Karten gezielte Eingriffe, die Gefahren für die öffentliche Gesundheit durch mangelnde Hygiene und überbordenden Müll beseitigen, den Verkehrsfluss verbessern oder ganz einfach mehr Luft oder Sonnenlicht in das Viertel lassen.

Das Projekt eröffnet neue Möglichkeiten für die Stadt von morgen.

Außerdem könnte ein Plan von Rocinha dazu beitragen, dass die Menschen als vollwertige Bürger anerkannt werden. Die Bewohnerinnen und Bewohner von Favelas waren lange Brasilianer zweiter Klasse, die in unsichtbaren, nirgends verzeichneten Vierteln mit begrenztem Zugang zu öffentlichen Gütern und dem Schutz öffentlicher Institutionen lebten. Eine Karte könnte es ihnen sogar erlauben, sich als offizielle Eigentümer der Grundstücke eintragen zu lassen, die sie schon so lange pflegen. Kurz gesagt könnten 3D-Scans die Favelas mit all ihren Fallstricken und ihrem Potenzial endlich aus dem Schatten holen.

Lassen Sie mich das Projekt unter folgenden Schlagworten zusammenfassen:

Fortschritt und Zukunft,
Zeit- und Kostenersparnis,
Sicherheit und Klimafreundlichkeit,
Wirtschaft und Wohlstand.

Ich bitte Sie, dieses Projekt zu unterstützen. Danke für Ihre Aufmerksamkeit.“

Joaquin Robinho schloss für einen Moment die Augen, atmete tief durch und vernahm dann erst den zustimmenden Beifall der Abgeordneten.

Die Abstimmung war reine Formsache. Alle Abgeordneten unterstützten die geniale Idee. Das Kleingedruckte interessierte nur am Rande. Enzo Bolnero lehnte noch immer zufrieden auf der Besuchertribüne. Sein Zögling hatte geliefert und einen großartigen Auftritt hingelegt. Er musste ihn ab jetzt im Auge behalten. Erfolg stieg einem schnell zu Kopf.

15

Joana schlenderte an den Strand von Ipanema. Es war noch früh am Morgen und somit nur wenige Menschen unterwegs. Sie machte an einem noch geschlossenen Kiosk ihre Dehnübungen, beobachtete dabei einige frühe Touristen, die sicher gerade mit dem Nachtflug angekommen waren und noch unsortiert umherirrten und joggte dann in ihrer engen Leggins und dem Bustier in grün über den feuchten Sand. Voraus die markante Felsformation, die sich in den blauen Himmel erhob und sie irgendwie an einen mahnenden Finger erinnerte.

Pedra da Gávea ist ein 842 Meter hoher Felsen in der Floreste da Tijuca und liegt im gleichnamigen Viertel (Barra). Er besteht hauptsächlich aus Gneis und Granit und ist weltweit der größte einzelne Granitblock in der Nähe des Meeres. Dabei ist er doppelt so hoch wie der weit berühmtere Zuckerhut. Aber hier am Strand von Ipanema gut sichtbar überragte er die Berühmtheit.

Hier am Strand in der Früh konnte sie in aller Ruhe nachdenken. Fern war der Trubel des Tages, wenn die Menschen den Strand bevölkerten, Musik aus den Lautsprechern schallte und hupende und röhrende Autos nach Parkplätzen suchten.

Mit jedem Schritt, den sie lief, sanken ihre zarten Füße in den noch kühlen Sand ein und die aufgewühlten Sandkörnchen benetzten ihre Schmetterlings-Tattoos an ihren Fesseln. Jetzt klärten sich ihre Gedanken.

Wie sollte es mit einem Studium weitergehen? War Soziologie wirklich das richtige Fach? Sollte sie nicht lieber Jura oder Ökotrophologie studieren? Wie sollte ein Praktikum aussehen? Und nicht zuletzt: Wer war dieser junge Mann, den sie vor ein paar Tagen im Tijuca-Wald gesehen hatte?

Ganz sicher war sich Joana nicht, ob er sie bemerkt hatte. Zu vertieft schien er in und mit der Natur zu sein. Aber gerade das mochte sie ja. Erst vor kurzem hatte sie sich entschieden, vegan zu leben und im Einklang mit der Natur. Tierwohl für Menschenwohl. Es fühlte sich gut an, etwas für das Leben tun zu können und gegen den Konsumterror anzukämpfen. Da erschien dieser verträumte Junge, der sich um die Bäume zu sorgen schien und irgendwie verliebt im Nationalpark herumspazierte, ein Seelenverwandter zu sein.

Wenn sie doch nur ahnte oder wüsste, wer er war und woher er kam?

Strand von Ipanema – Rio des Janeiro (Jochen Nagel)

Langsam erreichte sie das Ende des Strandes. Das Meer schmeichelte um ihre Füße, küsste ihr Schmetterlings-Tattoo und das kühle Nass des frühen Tages holte sie aus den Träumen in die Realität zurück.

Tja, wie war das jetzt mit dem Studium?

Kaum dass ein Windhauch von den mahnenden Felsfingern hinabsäuselte, schien er ihr zuzuflüstern, dass sie noch keine Entscheidung über ihr Praktikum gefällt hatte. Auch das noch?

Aber, Moment, da war doch dieser praktische Arzt, Dr. Cristiano, auf den ihre Mutter so schwört. Joana wollte gleich nach ihrer Rückkehr von der Laufrunde in der Praxis anrufen.

Ein Lächeln huschte über ihre Lippen. Sie wusste nicht, warum dies gerade jetzt so war, aber es spielte auch keine Rolle. Sie rückte ihren Kopfhörer zurecht, trat mit festen Schritten in den immer noch kühlen, feinen Sand von Ipanema, spürte die wogende, aufwühlende Brandung und lief zur Melodie von „The Girl from Ipanema" beschwingt nach Hause.

Endlich wusste sie, was zu tun war.

16

Wem die Stunde schlägt. Wer weiß schon, wann welche wichtige Stunde im Leben bevorsteht? Stets verbunden ist die Ungewissheit mit der Hoffnung, die rechte Stunde zu erkennen und dann die richtige Entscheidung zu treffen.

Aber, hat man überhaupt eine Wahl? Oder ist längst alles vorbestimmt? Oder gab es eine Vorbestimmung, die gleichwohl an bestimmten Weggabelungen des Lebens eigene Alternativen ermöglichte?

Würde man, wenn es so wäre, diese Kreuzungen des Lebensweges erkennen? Würde man richtig abwägen? Gab es weitere Abzweigungen, um fehlerhafte Entscheidungen zu korrigieren und wieder auf den richtigen Weg zurückzukehren?

Oder hatte man einfach keine Wahl? Wie viel freier Wille war/ist dem Menschen gegeben? Wenn ja, welche existenziell schwerwiegenden und bedeutsamen Entscheidungen bleiben dann in den vorhandenen Lebensjahren?

Wer wusste das schon?

Einen Fingerzeig gab die Geburtsstunde. Welche Fügung auch immer die Eltern, Großeltern oder

Urgroßeltern zusammengeführt hatte, im einzigartigen Augenblick der Geburt trat der Mensch mit seinem eigenen, freien und unverbrüchlichen Willen ins Leben. Unvoreingenommen von seiner Umwelt. Nicht beeinflusst durch die Lieben; auch wenn diese es immer gut meinten. Unbelastet von der Welt. Ein neues, unschuldiges Leben.

Und dennoch legte schon die Geburtsstunde dem Menschen einige unmaßgebliche Werte mit in die Wiege, die ihn sodann ein Leben lang begleiten. Mehr oder weniger. Aber sie sind da. Die Geheimnisse in dem Moment des ersten Atemzuges. Und es ist an uns, das Beste daraus zu machen.

Das Geheimnis der Geburtsstunde. João war um viertel vor zwölf Uhr mittags geboren. Danach sei er ein aktiver Feingeist, der weiß, wie man mit Menschen umgeht. Er scheut sich nicht davor, auf fremde Menschen zuzugehen und neue Freundschaften zu schließen. Außerdem ist er ehrgeizig und setzt alles daran, seine Ziele zu erreichen. Die Chancen stehen gut: João ist ein Multitalent, das viele Fähigkeiten mit sich bringt.

Kaum später um halb ein Uhr mittags zur Welt gekommen, beinahe ein Zwilling, bringt seine Zielstrebigkeit Galego weit, sodass er mit Stolz von sich behaupten kann: Er weiß, wie man Verantwortung übernimmt. Nie würde er über andere schlecht reden, denn er weiß, so etwas kommt immer zurück. Wenn er liebt und vertraut, dann für immer, ob in der Liebe oder im Freundeskreis.

Joana war ein Kind des späten nachmittags; um halb sechs Uhr erblickte sie das Licht der Welt. Sie braucht die Liebe wie Luft zum Atmen. Und ihre große Zuneigung zeigt sie nicht nur ihrem Schatz, sondern auch Tieren, Blumen - eigentlich der ganzen Welt. Dabei erfreuen sich andere an ihrem positiven und lebensbejahenden Geist. Toll: Sie nimmt nichts für selbstverständlich, besonders nicht die Liebe, die man ihr schenkt.

17

Da saßen sie wieder einmal erschöpft nach einer langen, intensiven Partie Fußball im immer noch warmen Sand von Copacabana. Sie ließen ihre Muskeln regenerieren, tranken reichlich Wasser und Kokosnusssaft und lauschten dabei dem endlosen Klang des Meeres. Zufrieden und glücklich.

Rui Gomes fand als erster seine Stimme wieder und sprach João direkt an: „Hast du jetzt schon etwas über dieses Projekt zu Rocinha gehört?"

„Was meinst du?" entgegnete João hörbar gereizt.

„Mann, du weißt schon. Die wollten doch irgendetwas mit unserem Viertel, unserer Heimat machen. Und du wolltest dich umhören, Augen und Ohren offenhalten. Das waren deine Worte. Hast du es etwa vergessen?" brach es wütend aus Rui Gomes heraus.

„Nein," sagte João schuldbewusst, „nein, habe ich nicht. Morgen spreche ich mit Senhor da Costa. Er ist gut vernetzt und meist sehr gut informiert. Ich bin dran. Ich kümmere mich."

Gleichwohl setzte es einen sorgenvollen Stich in sein Herz. Er durfte seine Freunde nicht enttäuschen. Es ging um ihre Freundschaft. Es ging um ihre Familien. Es ging um Rocinha. Es ging um ihre Heimat.

18

Was ist Heimat?

Allgemein wird der Ort, in dem ein Mensch geboren wird, als Heimat bezeichnet. Hier finden die ersten

Sozialisierungserlebnisse statt, die Identität, Charakter, Mentalität, Einstellungen und Weltanschauungen prägen. Natürlich bedeutet Heimat auch dauerhaftes Wohnen an einem Ort, mit dem man verbunden ist. An dem eine Art „Ich-Identität" gebildet wird.

Heimat reflektiert das Bedürfnis, das für die eigene Existenz Stimulierung und Sicherheit bieten kann. Die Heimat als sozialer Raum zeigt sich in den lebens- und alltagsweltlichen Interaktionen mit Familie, Freunden, Bekannten und Nachbarn. Sie ist ein Lebensort, an dem man sich zuhause fühlt. Ein Gefühl der Verbundenheit in räumlicher, zeitlicher, sozialer und kultureller Dimension.

Am eindringlichsten beschreibt der lateinische Spruch „Ubi bene, ibi patra" den Begriff der Heimat. „Wo es mir gut geht, da ist mein Vaterland, meine Heimat.

Aber ist das auch zukunftsfähig?

Die Heimat der Zukunft ist Patchwork. Sie ist anschlussfähig für alle, die nach ihr suchen und die darauf angewiesen sind, irgendwo und irgendwie im globalen Dorf heimisch zu werden.

Für João, Fabio, Marcio und Rui Gomes war Rocinha ihre Heimat.

Rocinha ist ein Stadtviertel Rio de Janeiros im südlichen Teil der Stadt zwischen den Vierteln São Conrado und Gávea. Das Viertel entwickelte sich aus einer Favela, umfasst aber mittlerweile meist Wohnhäuser mit legalisierten Besitzverhältnissen. Die Sozialstruktur der Einwohnerinnen und Einwohner sowie die immer noch überwiegend einfache Ziegelbauweise der Häuser führt dazu, dass die Bezeichnung Favela auch nach der Anerkennung als offizieller Stadtteil Rio de Janeiros verwendet wird. Rocinha erstreckt sich über einen steilen Berghang und überschaut, etwa einen Kilometer vom Strand entfernt, die Stadt. Es leben dort geschätzt bis zu 200.000 Menschen.

Immer wieder wird Rocinha als größte Favela Brasiliens oder gar Lateinamerikas bezeichnet. Dem kann entgegengehalten werden, dass allein in Rio mehrere Stadtgebiete existieren, in denen verschiedene Favelas so stark gewachsen sind, dass sie mittlerweile riesige geschlossene „Komplexe" von Favelas bilden, die von außen nur noch als eine einzige Favela zu erkennen sind. So nehmen etwa die Complexos do Alemão und da Maré im Nordteil Rios bei gleich dichter Bebauung jeweils die Doppelte bis Dreifache Fläche der Favela Rocinha ein. Solche „Complexos" dürften auch nicht auf Rio beschränkt sein, man wird sie vielmehr in allen Megastädten Lateinamerikas finden.

Letztlich ist die Berühmtheit von Rocinha wohl nur auf ihre Lage inmitten der wohlhabenden und durch ihre Strände Copacabana und Ipanema weltberühmten Süd Zone Rios zurückzuführen.

Rocinha. Hier lebten sie. Hier lebten sie, waren sie miteinander aufgewachsen, kannten sie die Nachbarn, Freunde und Verwandten. Die engen Gassen waren ihnen vertraut. Sie wussten, wer in welchen Häusern lebte und welche Geschichten sich hinter den Wellblechwänden und Mauern verbargen.

Auch wenn jeder von ihnen diesen Ort „Heimat" unterschiedlich erlebte, so ist Heimat die Erinnerung an bestimmte Momente, die mit Sicherheit zu tun haben, mit Vertrauen.

Sie gehörten zu Rocinha. Und Rocinha gehörte zu ihnen. Sie waren gegenseitig ein unzertrennbarer Teil voneinander.

Rocinha.

Das war ihr Leben.

Das waren sie. Rui Gomes, Fabio, Marcio und João.

Joaquin Robinho spürte ein Glücksgefühl. Seine erste große Rede, und dann gleich vor dem Stadtparlament, empfand er als wahrlich gelungen. Vielmals klopften sie ihm auf seine Schultern, die Damen und Herren Abgeordneten. Und sein Mentor lobte ihn über den grünen Klee.

In der Tat hatte sich seine übergroße Nervosität alsbald gelegt und er überzeugte mit einem frischen, fakten- und kenntnisreichen Vortrag. Die Abstimmung verlief reibungslos und alles schien einen guten Weg zu nehmen. Die viele Arbeit und die hunderten von Überstunden hatten sich ausgezahlt. Das Projekt und seine Karriere nahmen einen guten Lauf.

Just dies regte zugleich Widerstand in ihm. War dies nicht alles viel zu glatt, zu einfach gegangen. Keine Debatte. Keine Fragen. Nur Lob. Hatten die Abgeordneten die Unterlagen nicht vollständig gelesen? Oder möglicherweise die Tragweite nicht überschaut?

Joaquin schauderte. Und er zweifelte.

Doch im Augenblick sonnte er sich in seinem Erfolg und es durfte ihm an diesem Tag gleichgültig sind.

Zaghaft klopfte Joana an die Tür mit der Aufschrift Sprechzimmer. Darunter stand in kleinen Lettern Dr. Cristiano. Hier war sie richtig. Aber war es auch die richtige Entscheidung?

Ihr vorgesehenes Studienfach überzeugte sie nicht wirklich. Das Nebenfach Linguistik schien eine einzige Katastrophe. Vielleicht ließ sich die Soziologie irgendwie sinnvoll mit der Medizin kombinieren? Sie haderte und zweifelte. Aber ein Praktikum könnte in dieser Situation in der Tat aufschlussreich sein und einen Weg für die persönliche und berufliche Zukunft weisen.

Wer wusste das schon?

Resolut öffnete der Arzt die Tür und empfing sie mit einem gewinnenden Lächeln.

„Na, ja," dachte Joana, „das geht ja gut los."

„Herzlich Willkommen," begrüßte der Mediziner sie und bat Joana ins Sprechzimmer. Es folgte ein intensiver Austausch über das mögliche Praktikum, die Dokumentationsaufgaben währenddessen, die bisweilen anstrengend und langweilig waren, sowie den Kontakt mit den Patientinnen und Patienten.

Der war in jeder Hinsicht freiwillig. Zunächst für Joana, um sich den Menschen und ihren Krankheiten zu nähern. Das konnte, je nach Diagnose, außerordentlich belastend sein. Es galt allerdings insbesondere für die Patientinnen und Patienten, die mit dem Beisein von Joana einverstanden sein mussten.

Andächtig lauschte Joana und nickte an der einen oder anderen Stelle zustimmend.

„Nicht zuletzt," mahnte Dr. Cristiano freundlich, aber bestimmt, „gilt für uns alle hier die Schweigepflicht. Nichts, aber absolut gar nichts darf diese Räumlichkeiten verlassen. Dies ist der Schutzraum für die Menschen, die uns ihre persönlichsten Dinge anvertrauen. Und sie setzen darauf, dass alles in diesen vier Wänden bleibt."

Joana nickte leicht und verständnisvoll.

„Nur wenn die Menschen vertrauen und sich uns vollständig öffnen, haben sie die Chance, haben wir die Möglichkeit, sie zu heilen. Vertrauen auf Heilung. Heilung durch Vertrauen. Ein Fundament ärztlicher Kunst."

Für einen winzigen Moment eines Augenblicks stand Schweigen im Raum. Dann sagte Joana spontan zu.

„Ich würde das Praktikum gerne unter den von ihnen skizzierten Bedingungen annehmen."

„Das finde ich gut," entgegnete Dr. Cristiano, „dann beginnen wir am kommenden Montag mit einer besonderen Patientin. Sie steht vor der schwierigen Entscheidung, sich im Ausland behandeln zu lassen. Dort besteht für sie Hoffnung."

Joana stimmte zu, freute sich über ihre plötzliche Entschlusskraft - die Lethargie der vergangenen Wochen und Monate schien sich in Luft aufgelöst zu haben - und verabredete sich für kommenden Montag um 09:00 Uhr zum Start des Praktikums.

21

Bones und João beäugten sich neugierig und auch ein bisschen misstrauisch.

„Wer bist du?"

Diese Frage stand unausgesprochen im weitläufigen Raum des Tijuca-Waldes. Bones fauchte leise, aber ohne Feuer zu speien.

Aber der freundlich wirkende Mensch zuckte nicht zurück. Er blieb in seiner Nähe. Merkwürdig. Seine

Eltern hatten ihm etwas anderes über die Lebewesen erzählt.

João beobachtete das seltsame Wesen. Irgendwie schien es ein Drachen zu sein. Allerdings viel zu klein. Feuer spie er ebenfalls nicht. Merkwürdig. Seine Mutter hatte ihm etwas anderes über die gefährlichen Tiere berichtet.

Für eine Weile belauerten sie sich.

Der Tijuca-Wald verstummte.

Wer wagte den ersten Schritt?

Tief unten in der Höhle riefen Dagoberto und Doralice nach ihrem scheinbar verschollenen Sohn. „Bones. Wo bist du? Bones? Bones!"

22

Senhor Davidner da Costa schlenderte wie jeden Morgen zum kleinen Fischmarkt von Copacabana. Eine sanfte Brise wehte über das Wasser und kräuselte die Wellen. Die Sonne stand bereits zwei Hände breit oberhalb des Horizonts und tauchte den cremeweißen Sand des Traumstrands in mildes Licht. Die Fußspuren der Fischer, die ihre Boote an Land gezogen hatten, bildeten sichtbare Merkposten früher Betriebsamkeit des Tages. Ihre Netze knubbelten sich am Boden und warteten darauf, entwirrt zu werden. Wie so manches Problem der Stadt und ihrer Menschen.

Noch ein wenig müde schlurfte er an der kleinen Markthalle entlang. Es duftete nach frischen Meeresfrüchten und Senhor da Costa ließ sich einen mittelgroßen Fisch für das Mittagessen reservieren.

Dann ging er in den Schatten eines großen Baumes, setzte sich zu seinen Senioren-Kollegen, nahm einen großen Schluck Mate-Tee aus der mitgebrachten Kanne, blätterte lustlos in der Tagespresse und schließlich nahmen sie ihr frühmorgendliches Gespräch auf. Hinter ihnen an der Wand tollten ewiglich Manuel Neuer, Thomas Müller und Mezut Özil und spielten dieses magische 1:0 gegen den Erzrivalen Argentinien.

Ein Schmunzeln kam über Davidners Lippen, vergessen war die Schmach des 7:1 und sein Blick schwenkte über den weißen Strand, vorbei an den wippenden Palmen bis hinüber zum Zuckerhut. Er genoss das Privileg, an einem der schönsten Strände, ach was, dem schönsten Strand der Welt frühstücken zu können. Jeden Morgen. Copacabana.

Copacabana – Rio de Janeiro (Jochen Nagel)

Während er noch mit seinen Mit-Rentnern die aktuellen Fußballergebnisse diskutierte und die guten von den schlechten Nachrichten trennte, schoss João mit seinem Fahrrad vorbei. Wie immer voll beladen. Entweder mit Eisstücken. Oder, wie heute, mit Kokosnüssen. Er versorgte die Strandbars mit frischen Früchten. Vorsichtig lagerte er die kostbaren Früchte an einem kleinen Mäuerchen, das etwas Schatten spendete. Sorgfältig positionierte er alles so, dass die

Kokosnüsse sich nicht selbstständig machten und über die Fußgängerpromenade rollten.

Zufrieden mit seiner Arbeit holte er sich den ersten Tageslohn ab, der zum Familieneinkommen beitrug, und grüßte Davidner sowie seine Kollegen mit einem freundlich vernehmbaren „Hallo Männer" und sprach hernach in die ruhige Morgenluft: „Was gibt's Neues?"

Die vom Wind und der Sonne gegerbten Gesichter erhoben sich von ihren Zeitungen, ihrem Kaffee oder Tee und grüßten freudig zurück. Es war schön, einen jungen Mann in ihrer Nähe zu haben.

„Wie wäre es, wenn du einmal etwas berichtest, junger Freund."

Das gehörte zu ihrem alltäglichen Ritual. Irgendeiner musste beginnen, die Neuigkeiten vorzutragen. Aber keiner wollte es gewesen sein. Und so ergab sich der morgendliche Plausch wie eine Partie Tischtennis. Wer schlug auf? Wer retournierte?

Freudestrahlend ging João auf Davidner zu und erzählte ihm von seiner fantastischen Begegnung im Tijuca-Wald. Von den Bewegungen im Boden. Vom ersten roten Schopf. Von dem Schrei. Von Bones.

Senhor da Costa und seine Rentner-Gang staunten nicht schlecht. Das war ja mal eine Neuigkeit.

Sensationell. Tijuca-Dragonera. Das wäre etwas für die Presse.

„Bloß nicht," warf João ein, „wer weiß, wie viele Rothauben-Regenwaldtaucher es noch gibt? Hunderte, ach, tausende würden kommen und alles zerstören."

Seine betrübte Miene zeugte von tiefer Sorge und ehrlichem Mitgefühl mit dem seltsamen Geschöpf. Obwohl es schon eine sensationelle Nachricht wäre.

„Du hast recht," erwiderte sein Freund, „wir behalten alles für uns. Unser Geheimnis."

João atmete tief durch, konnte Sorgenfalten im Gesicht von Senhor da Costa erkennen. Zu lange kannten sie sich, als dass sie ihre Gefühle voreinander zu verbergen vermochten. Er spürte, hier war etwas im Gange, vom dem Davidner wusste oder zumindest ahnte.

„Was ist los?" platzte es neugierig aus João heraus. Da war er wieder, dieser rastlose junge Mann.

Senhor da Costa stockte. Er mochte seinen jugendlichen, euphorischen und manchmal übereifrigen Freund nicht bremsen, aber ebenso nicht verunsichern. Und so schüttelte er kaum merklich sein schütteres Haupt.

Das beunruhigte João noch mehr und er bedrängte seinen väterlichen Freund: „Da ist doch was. Nun sag schon. Ich bin doch kein Kind mehr."

„Es sind alles nur Gerüchte. Aber häufig ist in Rio ja etwas an den Gerüchten dran."

„Was denn. Nun sprich endlich," polterte João und ärgerte sich sogleich über seinen forschen Vorstoß.

Senhor da Costa überhörte die vorwurfsvolle Stimme und begann zu erzählen. „Wie soll ich es nur beschreiben," begann er, „das Stadtparlament hat einen Erneuerungsprozess mit großer Mehrheit oder sogar einstimmig beschlossen. Hinter den schwülstigen Worten des Bauingenieurs, der ohnehin nur eine Marionette von Baudirektor Enzo Bolnero ist, stecken massive Umbaupläne für Rocinha und den Tijuca. Die Estrada de Gávea ist zu kurvenreich und gefährlich. Man plant eine bessere Verkehrsführung und eine Stadterneuerung."

„Und was heißt das jetzt konkret? Im Klartext," hakte João nach.

„Wenn ich alles richtig verstanden habe, geht es um neue, breite Straßen, Steilaufzüge (Funiculare) von Ipanema nach Tijuca und Seilbahnen oder Seilrutschen von Rocinha zum Zuckerhut, zum Flughafen und zum Olympiazentrum."

João war fassungs- und sprachlos.

Also sprach Senhor da Costa einfach weiter.

„Sie wollen Rocinha verunstalten. Sie wollen die einzigartige Natur, den weltbekannten buckligen Hügel, Wahrzeichen von Rio de Janeiro und Teil einer Landschaft, die zum Welterbe zählt, und den Tijuca mit einer Seilrutsche verschandeln. So wird ein Weltkulturerbe zu einem kommerziellen Vergnügungspark. Außerdem soll es eine Seilbahn zum Flughafen geben und einen Steilaufzug von Ipanema. Zuckerhut und Tijuca werden noch stärker besucht als sowieso schon."

João schluckte und seine Augen wurden glänzend feucht. Tränen der Wut stiegen in ihm auf.

Schnell fügte Davidner an: „Die Idee ist: Mitten in Rocinha entsteht die Besucherplattform für die neuen „Verkehrsmittel". Von dort sollen die Menschen bequem den Flughafen und den Zuckerhut sowie den Strand von Ipanema erreichen. 100 Wagemutige könnten mit bis zu 100 Kilometer pro Stunde schnell zum Strand von Leblon sausen."

João schüttelte seinen Kopf und meinte: „Das ist eine Katastrophe für das sensible Ökosystem und die Anwohner. Das wird ein Chaos."

„Vielleicht siehst du das genau richtig," entgegnete Senhor da Costa, „aber die Planer versprechen ein unvergleichliches Erlebnis. Adrenalin pur mit atemberaubender Aussicht. Sie würden keinen Lärm machen. Und die Aussicht aufs Meer, die zarte Brise, das Geräusch des Windes, die singenden Vögel - all das ist viel näher und macht die Fahrt zu einem unvergleichlichen Erlebnis."

Verzweifelt wandte João ein, dass man gegen diesen Irrsinn etwas tun müsse.

„Ja, aber schon erste Bohrungen fanden ohne Genehmigung statt," erwähnte da Costa und mahnte vor dem raffinierten Baudirektor Enzo Bolnero, der gesagt haben soll: „Wir haben ein Gutachten einholen lassen, das besagt, dass die Eingriffe in die Natur minimal sind. Der Fels wird nicht beschädigt. Das finde ich wichtig zu erwähnen."

Doch es bleibt die Tatsache, die ersten Bohrungen fanden ohne entsprechende Genehmigung statt. Die lokale Behörde bekam Wind davon und stoppte die Bauarbeiten. Inzwischen haben sich Behörden und Betreiber aber geeinigt, und es geht weiter.

„Wem nützt das alles?" schrie João heraus und machte seinem Herzen Luft, „die Bewohnerinnen und Bewohner von Rocinha sind es nicht. Sie wurden bisher auch nicht einbezogen."

Und dann waren Senhor Davidner da Costa und João wütend, fassungslos, aber nicht mutlos.

23

„Nehmen sie die Dinge nicht so ernst, wie sie sind."

Mit diesem Zitat von Karl Valentin rückte Enzo Bolnero die zweifelnde Miene seines Bauingenieurs zurecht.

„Was grübeln sie denn jetzt schon wieder? Sie haben einen phantastischen Job im Stadtparlament von Rio de Janeiro abgeliefert. Sie haben alle Abgeordneten überzeugt. Ihr Projekt, unser Projekt kann starten."

Joaquin wusste nicht so recht, wie er mit dem Lob seines Vorgesetzten umgehen sollte. In der Tat, seine Rede war gelungen und brillant. Genau, sie verfügten nun über die Zustimmung der politischen Gremien.

„Aber, ist es nicht ein zu großer Einschnitt in den Lebensraum der Menschen von Rocinha?"

„Fortschritt und Zukunft fordern immer gewisse Opfer," antwortete Baudirektor Bolnero, „erst viel später erkennen die Menschen den Gewinn, die Zukunft. Sie tun das Richtige. Ordnung und Fortschritt. Ein guter Weg.‟

Sprachs und legte dem aufstrebenden jungen Mann väterlich wohlwollend seine Hand auf die Schulter.

Nachdenklich nickte Joaquin.

Sein Mentor und Boss würde es mit all seiner Erfahrung schon wissen. Doch tief in seinem Herzen spürte er, die heutige Entscheidung des Stadtparlaments war in ihrer gesamten Tragweite falsch. Sie richtete sich gegen die Menschen von Rocinha. Favela hin. Favela her.

Dafür hatte er nicht studiert.

Dafür war er nicht angetreten.

24

Bones hörte nicht sofort auf das immer drängender werdende Rufen seiner Eltern. Viel zu aufregend und spannend schien ihm diese fantastische Welt hier draußen. All die hohen Bäume, die satten Farben, das funkelnde Sonnenlicht - faszinierend, anregend, begeisternd. Dazu die unbekannten Geräusche. Das Gezwitscher der Vögel. Die glucksenden Bäche und die tosenden Wasserfälle. Das Rauschen des Windes in den Blättern. Es juckte ihm in seinen Flügeln, einfach abzuheben.

Doch da war ja auch noch dieser Mensch. Zuerst hatten sie vor lauter Schrecken geschrien. Sein Gegenüber war hingefallen. Er musste mächtig Eindruck hinterlassen haben. Okay, auch Bones zuckte zunächst in seinen Fluchtweg zurück. Aber nach einer Phase des Beäugens, des Abwägens und der äußerst vorsichtigen Annäherung kamen sich Bones und João langsam näher.

Der Junge sprach ihn mit seltsamen Lauten an. Drohend oder gefährlich hörte es sich nicht an. Gleichwohl blieb Bones wachsam. Seine Eltern hatten ihm die oberirdischen Gefahren immer wieder regelrecht eingebläut.

Merkwürdigerweise spürte der Rothauben-Regenwaldtaucher keine Angst, keine Gefahr. Die Stimme klang irgendwie vertraut und auf jeden Fall freundlich. So näherte sich Bones zaghaft.

João berappelte sich rasch. Warum er vor diesem kleinen Wesen auf seinen Hintern gefallen war, verstand er nicht. Vielleicht war seine Anspannung einfach zu groß gewesen. Oder die Überraschung, einen kleinen Drachen im Tijuca-Wald, seinem Lieblingswald, zu Gesicht zu bekommen. Oder ein wenig von Beidem. João wusste es nicht und es spielte jetzt auch keine Rolle mehr.

Mit fester Stimme, aber selbstredend zugewandt, sprach er den unbekannten Neuling an. „Wer bist du? Wie heißt du? Was tust du hier?"

Kaum hatte João seine Fragen in den Tijuca-Wald geworfen, kam er sich völlig idiotisch vor. „Ich spreche mit einem Drachen," sagte er zu sich und dachte, „hoffentlich hört mir niemand zu. Dann erklären mich wirklich alle für verrückt."

Natürlich würde das Geschöpf nicht antworten können. Das grenzte an ein Wunder. Aber irgendwie mussten sie sich doch verständigen.

João versuchte es erneut, deutete auf sich, klopfte auf sein Herz und nahm den bestmöglichen Blickkontakt mit dem „Dragonera Tijuca", wie er ihn nannte, auf. „Ich bin João und komme aus Rocinha," dabei deutete er in die Richtung seiner heimatlichen Favela, „und wer bist du?"

Bones verstand den Jungen irgendwie in seinem Herzen, obwohl er die Worte nicht in Drachenlinguistik übersetzen konnte. Jedoch ahnte er, dass sich João gerade vorstellte.

„Wie mache ich ihm nur begreiflich, wer ich bin?" rumorte es in seinem Kopf. Flugs suchte Bones den Fußboden nach einem passenden Ast ab, entdeckte ihn und schob diesen zu Joãos Füßen.

Das Holz ähnelte einem Knochen.

Für einen Moment verfolgte João den flinken kleinen Drachen, der um ihn herumwirbelte, schmunzelte ein wenig und sah sprachlos auf das Stück Holz am Boden. Es sah beinahe wie ein Knochen aus.

„Bist du Bones?" fragte João zögerlich.

Ein brummendes Raunen entwich dem Drachenatem. In einer Mischung aus Freude und Zustimmung. Sie verstanden sich auf Anhieb.

Gerade näherten sich Bones und João einander an, da vibrierte der Boden und aus dem Geheimgang unter dem Riesenbaum schossen mit behänder Geschwindigkeit Dagoberto und Doralice, sprangen schützend vor ihren Sohn und fauchten heftig in Richtung von João.

Der fiel prompt wieder auf seinen Allerwertesten.

„Was ist denn hier los? Was geschieht just in diesem Moment?" dachte er fassungslos.

Bones hatte wieder einmal nicht auf seine Eltern gehört und war der Höhle unerlaubterweise entfleucht. Und er hatte das Rufen seiner besorgten Eltern überhört, weil es gerade so spannend hier draußen war. Doch er erkannte die brisante Situation blitzschnell.

„Nein," brüllte er, flog zwischen João und seine fürsorglich schnaubenden Eltern und erklärte, „er, João, ist ein Freund. Ein Hüter des Tijuca. Tut ihm bitte nicht weh."

Stille erfasste den Nationalpark. Vögel verstummten. Der Wind schlief ein. Selbst die Bäche schienen zu schweigen. Für einen atemlosen Augenblick hielten alle inne.

25

Rosa stand in der Küche. Sie konnte am besten denken, wenn sie kochte. Und am allerbesten, wenn sie das Leibgericht von João zubereitete. Feijoada. Feijoada a la Rosa. Das brasilianische Nationalgericht in ihrer eigenen Variante.

Historisch betrachtet gilt Feijoada als „Arme-Leute-Essen"; aufgrund der farblichen Kombination von weißem Reis und schwarzen Bohnen aber ebenso als kulinarisches Symbol der brasilianischen Rassendemokratie.

„Habe ich auch alles vorrätig," fragte sich Rosa, bevor sie den Herd in Gang bringen wollte. In Gedanken ging sie die Zutaten, ihre Zutaten durch: Rindfleisch, Dörrfleisch, Chorizo, Paio-Wurst aus Portugal, Bauchspeck, Chili, Paprika, Salz, Lorbeer, Zwiebeln, Knoblauch, schwarze Pfefferkörner, eine Scheibe Orange und natürlich schwarze Bohnen. Dazu würde sie Reis und Farofa, geröstetes und angemachtes Maniokmehl, sowie eine pikante Pfeffersauce (Molho da pimenta) servieren.

Alles war vorrätig. Nun konnte sie mit der Zubereitung beginnen. Die geheime Zutat ist immer Liebe.

Und mit dem Kochen setzte das Nachdenken ein. Über den Rat von Dr. Cristiano. Über die Behandlung fern der Familie. Über die Hoffnung auf Genesung. Über die Sorgen um João.

Beinahe fröhlich wog Rosa nicht nur die Zutaten für die Feijoada ab und fügte sie zu einem wohlschmeckenden Gericht. Nein, mit jedem weiteren Schritt des Kochens fügten sich auch ihre Gedanken zu einer eindeutigen Entscheidung. Rosa wusste, was zu tun war. Rosa war sich sicher. Ein Lächeln huschte über ihr Gesicht.

In der Tat. Sie konnte beim Kochen am besten denken.

26

„Wer sein Herz öffnet, wird belohnt. Menschen sind unfähig, sich nicht um andere zu kümmern."

Mit diesen Worten begann Padre Andrade seine Predigt in der Kathedrale von Rio de Janeiro. Er schaffte es immer wieder, den Menschen in die Seelen zu schauen und ihnen aus dem Herzen zu sprechen. Zuhören. Zugewandt sein. Egal, mit welcher Last ein Mensch zu ihm kam. Zur Beichte. Zum persönlichen Gespräch. Oder zum Gottesdienst. Es gelang ihm, die Menschen weit über seine Gemeinde hinaus zu begeistern, weil er bodenständig bei den Menschen geblieben war.

João hörte ihm gerne zu. Seine Stimme hatte etwas Beruhigendes. Hier fand er Halt in einer sich immer turbulenter drehenden Welt. Sowohl in der großen Politik als auch in seiner kleinen Heimat Rocinha. Und manchmal, wie im Moment, berührten sich die große Politik und die geliebte Heimat.

Derzeit spürte João die Last der Verantwortung auf seinen schmalen Schultern. Wie könnte er seine Mutter noch besser unterstützen? Wie dumm war er gewesen, die Sprechstunde bei Dr. Cristiano so Knall auf Fall zu verlassen. So half er ihr nicht. Was würde aus Rocinha werden? Die Neuigkeiten von Senhor da Costa klangen besorgniserregend. Die kurvenreiche Straße sollte begradigt werden. Seilbahnen, Seilrutschen, Schrägaufzüge. Wie viele Häuser würde man dafür opfern? Wie viele Familien würden obdachlos? Wie nur sollte er diese schlechten Nachrichten seinen Freunden beibringen? Was würde aus Bones? Und vor allem: Was könnte er tun?

Galego müsste helfen.

João fühlte sich so klein und machtlos. Aber er fühlte sich auch verantwortlich. Für seine Mutter. Für seine Freunde. Für seine Heimat Rocinha und den Tijuca-Wald.

Ach, gäbe es doch nur den Superhelden.

In jenem Augenblick der gefühlsmäßigen Düsternis und Depression, die João gerade mutlos machte, schien die Sonne mit voller Kraft und erhellte die bunten Glasfenster der Kathedrale. Sogleich tanzten die Sonnenstrahlen im Inneren des Gotteshauses wie funkelnde Diamanten. Edelsteine der Hoffnung und Zuversicht. Die bis dato dunklen Waben der hohen Mauern schienen wie Bienenhäuser voller Honig. Ein Murmeln erhob sich unter den Anwesenden. Die Bilder in den Fenstern schienen regelrecht zum Leben erweckt.

Der Mut kehrte zurück. Wie hatte es der Padre formuliert: „Wer sein Herz öffnet, wird belohnt. Menschen sind unfähig, sich nicht um andere zu kümmern."

Das war der Schlüssel. Wir kümmern uns gemeinsam um unsere Heimat, um unsere Lieben. Wir müssen nur unser Herz öffnen und zusammenstehen. Wie auf dem Fußballfeld. Dann findet sich ein Weg, eine Lösung.

Beseelt von den Stunden in der Kathedrale eilte João nach Hause. Er wusste, was nun zu tun war.

27

Bauingenieur Joaquin Robinho saß noch eine Weile mit Padre Andrade zusammen. Es war keine Beichte, sondern ein persönliches, erleichterndes Gespräch.

Der Padre hörte geduldig zu, wie Joaquin über seine Berufung, seinen Ehrgeiz, seine Ambitionen und sein Projekt sowie seine blinde Treue zu Baudirektor Bolnero berichtete. Er stellte an den richtigen Stellen die richtigen Fragen, um seine Rechtschaffenheit zu prüfen, die ehrlichen Bestrebungen nach Verbesserungen herauszuarbeiten und die Reue über die Fehler aufzunehmen.

Mit den Worten „sprich mit Senhor da Costa. Du findest ihn mit seinen Freunden am Strand von Copacabana," entließ der Gottesmann den niedergeschlagenen Joaquin.

Und dennoch keimte so etwas wie Hoffnung bei dem unerfahrenen Bauingenieur, dass es noch gut werden könnte.

28

Enzo Bolnero hob zum wiederholten Male sein Glas, nahm einen kräftigen Schluck Leblon Cachaça und sagte: „Wenn ich noch etwas trinke, trinke ich mit dir am liebsten."

Sein Gegenüber nickte wohlwollend und prostete dem Baudirektor zu.

„Ist jetzt wirklich alles in trockenen Tüchern? Ich möchte nicht noch einmal den Vorwurf hören, meine Bauarbeiten, meine Bohrungen seien illegal. Das schadet meinem Image und dem meiner Firmen."

„Alles ist gut. Der Bauingenieur hat perfekt geliefert. Das Stadtparlament hat das Projekt einstimmig beschlossen. Hier ist das Protokoll der Beratungen," antwortete Bolnero und zeigte seinem Gegenüber das Schriftstück.

„Obrigado, dann kann es ja losgehen."

Sprachs und schob Enzo einen gut gefüllten Umschlag zu, den dieser unauffällig in seiner Anzugjacke verschwinden ließ.

29

Dagoberto und Doralice redeten noch eine Weile auf Bones ein. Weil er nicht folgsam gewesen war. Weil er die sichere Drachenhöhle verlassen hatte. Und weil er wieder einmal nicht auf das Rufen seiner Eltern gehört hatte.

Schuldbewusst hörte sich Bones alles an. Gehorsam. Ein wenig geknickt. Ein bisschen trotzig, denn er war doch kein kleiner Kinderdrachen mehr. Sein Drachenatem konnte immerhin schon Feuer spucken.

„Kannst du unsere Sorgen denn wenigstens verstehen?" fragte Dagoberto.

„Ja, aber ich bin doch jetzt schon beinahe erwachsen. Da dürft ihr mir etwas mehr zutrauen und vertrauen," entgegnete Bones durchaus selbstbewusst.

„Das mag so sein," kam Doralice ihrem brummenden Ehemann zuvor, „aber du solltest einsehen, dass es nur noch wenige Rothauben-Regenwaldtaucher gibt und wir daher besonders fürsorglich, vielleicht auch ängstlich, sind. Wir möchten dir zunächst gemeinsam die Welt da draußen zeigen, damit du die elementaren Gefahren kennst. Danach musst du ohnehin deinen eigenen Drachenweg suchen und finden. Verstehst du das, mein Liebling?"

Bones nickte und kuschelte sich dankbar an seine Mutter.

Inzwischen hatte sich sein Vater beruhigt und meinte nur noch: „Na, wie wäre es jetzt mit einem Familienausflug. Ab und hinaus in die Welt."

Und das war keine Frage.

Minuten später schwebten drei Rothauben-Regenwaldtaucher aus ihrem geheimen Drachenversteck im

Tijuca-Wald hoch in die Lüfte. Sie flogen über ausladendem Grün, spien ein wenig Feuer, zur Übung und einfach so aus Vergnügen, und wandten sich danach im Sturzflug den Stränden zu.

Leblon, Ipanema und natürlich Copacabana. Die warme Luft über dem heißen Sand gab ihnen Auftrieb, sodass die vielen Menschen, die sich an den Stränden aufhielten, nichts von der kleinen Drachenfamilie bei ihrem Ausflug bemerkte.

Stadtviertel Santa Teresa – Rio de Janeiro (Jochen Nagel)

In einem luftig-leichten Schwenk passierten sie den Zuckerhut, flogen über das Viadukt in der Stadt, sahen eine gelbe Straßenbahn durch die Stadtviertel rattern, schwebten oberhalb der bunten Treppe im Stadtteil Santa Teresa mit mehr als 215 Stufen, die der chilenische Künstler Escardia Selaron mit mehr als zweitausend kunstvollen Fliesen verziert hat, kreisten über der Kathedrale und schwebten nahe dem Schriftzug „Rio te amo" im Tiefflug vorbei.

Via Rocinha, eine Reminiszenz an João, blieb am Ende eine heilige Runde über dem Corcovado. Dies gehörte zum Drachenritual. Ganz dicht passierten sie die Christus-Statue. Manchmal, wenn keine Menschen da waren, landeten sie auf den ausgebreiteten Armen des Christus.

Ein erhabenes Gefühl.

Heute erkannte Dagoberto den Trubel auf der Aussichtsplattform und schwenkte zielstrebig in den Tijuca-Nationalpark und zu ihrem Baum und somit in ihre Höhle zurück.

Ein wenig außer Atem von diesem ersten weiten Flug dankte Bones seinem Vater für das Erlebnis.

„Aber du musst vorsichtig bleiben," mahnte ein besorgter und zugleich stolzer Dagoberto, „muss ich noch etwas sprechen?"

„Nein," stimmte Bones zu.

30

Es duftete vorzüglich aus der Küche, als João nach Hause kam. Feijoada a la Rosa. Eindeutig.

„Was das wohl zu bedeuten hatte?" fragte er sich.

Anyway. Zielstrebig folgte er dem verlockenden Duft seiner Leibspeise, dem brasilianischen Nationalgericht.

Rosa, seine Mutter, wartete bereits auf ihn, hatte den Tisch fein gedeckt und setzte ihr strahlendes Lächeln auf.

„Was geht hier vor?" dachte João.

Bevor er etwas sagen konnte, lotste ihn seine Mutter an den Tisch, füllte eine erste Portion des dampfenden Eintopfes auf und öffnete die Töpfe mit Reis und Farofa.

João war hungrig. Zudem liebte er Feijoada. Und so löffelte er den ersten Teller rasch und gierig leer.

Rosa strahlte und aß langsam und vornehm, wie es ihre Art war, von ihrem Teller.

Bald vertilgte João eine zweite Portion, um dann zu sagen: „Früher oder später erfahre ich es ja doch. Also, liebe Mama, was steht an? Was ist denn los?"

Rosa lächelte bekümmert. Sie konnte ihrem geliebten Sohn einfach nichts vormachen. Wie erwachsen er doch geworden war. Viel zu schnell. Es half nichts und so kam sie zum Thema.

„Wie du weißt, besprechen wir alle wichtigen Familienangelegenheiten in der Küche. So war es. Und so bleibt es. Jeder darf seine Meinung offen, ehrlich, frei und nicht verletzend äußern. Dann diskutieren wir alles aus. Am Ende steht dann eine Entscheidung, die alle respektieren. So war es. So bleibt es."

João nickte stumm. Ja, so war es mit der Familiendemokratie. Alles wesentliche spielte sich in der Küche ab. Die Debatten sicherten den Familienzusammenhalt, den Familienfrieden. Alle fühlten sich mitgenommen. Egal, wie alt man war. Ahnend, wie wichtig dies nun werden würde, nickte er nochmals und kaute einen weiteren Löffel des Nationalgerichts. A la Rosa selbstverständlich.

„João," begann seine Mutter, „nach allem, was ich mit Dr. Cristiano erörtert habe, würde ich gerne die Behandlung im Ausland wagen. Ich setze große Hoffnung darauf. Ja, dazu muss ich eine Weile fortgehen. Ja, es ist nur eine Hoffnung. Aber es ist eine Hoffnung auf Genesung."

Zuerst fiel João der Löffel aus der Hand in die Feijoada.

Rosa erschrak.

Dann blickte er seine geliebte Mutter an, deren Überlegungen er im tiefsten Inneren seines Herzens erwartet und zugleich befürchtet hatte.

„Mama," begann er mit einem schweren Atemzug, „alles, was dir Hoffnung verleiht, gibt auch mir Zuversicht. Bitte, versuche die Behandlung. Werde gesund. Nur das zählt. So sei es nach dem Willen des Küchenkabinetts."

Schweigen erfüllte den Raum.

Liebe erfüllte den Raum.

Einen kurzen Augenblick später umarmten sich Rosa und João.

„Obrigada, mein Sohn," dankte Rosa ihrem ach so erwachsenen Kind, „morgen gehen wir zu Dr. Cristiano und schauen positiv voraus."

„Und ich werde mich benehmen," warf João ein.

Daraufhin lachten beide herzlich und aßen noch ein wenig vom brasilianischen Nationalgericht. Feijoada. A la Rosa.

31

Pünktlich erschien Joana zum Praktikum bei Dr. Cristiano. Sie wollte unbedingt, dass es gelingt und ihr einen Weg für das zutreffende Studium aufzeigte. Sichtlich nervös saß sie im Sprechzimmer und wartete mit dem Arzt auf die erste, besondere Patientin Rosa Isabel. Sie hatte eingewilligt, dass Joana an dem Beratungstermin teilnehmen durfte. Obwohl sie eine herausfordernde Erkrankung bekämpfte, signalisierte sie, „dass man jungen Menschen eine Chance geben müsse, praktisch zu lernen."

Das beeindruckte Joana. Vielleicht sollte sie sich daran ein Beispiel nehmen. Bisher hatte sie es doch eher schleifen lassen. In der Schule. Mit der Entscheidung über ein Studium. Die Einstellung von Rosa imponierte ihr. Und dann sollte auch noch ihr Sohn dabei sein. Nun denn.

Dr. Cristiano öffnete in seiner freundlich zugewandten Art die Tür zum Wartezimmer und bat seine erste Patientin herein: „Rosa, wollen wir? João, bist du bereit?"

Joana fiel beinahe in Ohnmacht. Nicht vor Aufregung über ihre erste „Mitpatientin", sondern weil mit João genau der junge Mann den Raum betrat, den sie im Tijuca-Nationalpark gesehen hatte.

Wow. Flash. It´s real.

Routiniert begann Dr. Cristiano das Gespräch, doch er und Rosa bemerkten die knisternde Spannung zwischen den beiden jungen Menschen.

„Rosa, ich schlage vor, wir machen zuerst den Bluttest, danach das Ultraschall von der Milz und besprechen dann das weitere Vorgehen bei der Behandlung."

Rosa nickte. Beide schmunzelten, verließen das Sprechzimmer und ließen Joana und João zurück.

Während Arzt und Patientin die Behandlung besprachen, herrschte im ärztlichen Sprechzimmer betretenes Schweigen. Joana und João wussten voneinander, fühlten sich stark angezogen und doch, wer würde das Schweigen brechen.

Joana nahm all ihren Mut zusammen. Jetzt oder nie. Hätte sie sich nicht für das Praktikum entschieden und hätte Rosa nicht eingewilligt, wäre es möglicherweise nie zu einem Treffen mit dem bis dato Unbekannten gekommen. So viele Zufälle gab es gar nicht. Also wagte sie den ersten Schritt.

„Ich habe dich im Tijuca gesehen. Bist du öfters dort?" beendete eine interessierte, aber harmlose Frage die Stille.

Dankbar nahm João den Ball auf. Noch immer hätte er nicht gewusst, wie er das Mädchen von Ipanema ansprechen sollte.

„Ja, ich gehe dort gerne wandern und spazieren. Dann kann ich gut nachdenken. Außerdem liebe ich die Natur inmitten der Metropole. Zuletzt traf ich dort einen neuen Freund," sprachs und ärgerte sich sogleich über sich selbst, weil er indirekt Bones verraten hatte.

Schnell quasselte er in der Hoffnung weiter, dass Joana den Hinweis eventuell überhört haben könnte. „Und du, magst du den Tijuca auch? Ich habe dich am Strand von Ipanema joggen gesehen."

Joana nickte, ihre Augen strahlten und sie strich sich behutsam eine Strähne ihres Haares hinter das linke Ohr. „In der Tat. Ich denke am besten, wenn ich im kühlen Sand laufe. Daher Ipanema, aber ebenso liebe ich es, in der frischen Luft des Waldes zu gehen."

João hoffte bereits, dass sein Missgeschick mit Bones nicht aufgefallen sei, aber Joana war eine gute

Zuhörerin und hakte nach: „Und wer ist dein neuer Freund im Nationalpark?"

Geknickt grübelte João, wie viel er ihr verraten durfte. Allerdings, dies war seine Chance. Wenn er Joana hier und heute nicht getroffen hätte, wann dann. Wenn er diese Gelegenheit beim Schopfe packen wollte, musste er jetzt reden, sie ins Vertrauen ziehen oder für immer schweigen.

Also gab er seinem Herzen einen Ruck und berichtete von seinen Erlebnissen mit Bones und über seine Leidenschaft, dem Ball mit seinen Freunden nachzujagen. João redete wie ein Wasserfall; so viele Worte aus dem sonst so nachdenklichen, introvertierten Jungen. Aber es lohnte sich. Es entspann sich ein lockeres, gleichwohl vertrautes Gespräch, in dem die Beiden die Welt um sich herum vergaßen. Sie bemerkten nicht, wie die Zeiger der Uhren voranschritten und ebenso nicht, dass Dr. Cristiano und Rosa zurückkamen.

Das Recht der Verliebten.

Erst als sich die Tür zum ärztlichen Sprechzimmer öffnete und die beiden eintraten, endete der Redeschwall. Mit roten Köpfen blickten sie ein wenig verschämt, wenn auch unbegründet, hoch.

Dr. Cristiano reichte Rosa noch ein paar Unterlagen und beendete den Termin mit dem Hinweis, „jetzt geht´s in zwei Wochen los. Ich beglückwünsche sie zu der mutigen Entscheidung und drücke fest die Daumen für eine erfolgreiche Behandlung. Ich werde Joana gleich über die wesentlichen Teile unserer Beratung in Kenntnis setzen und sie sprechen mit ihrem Sohn."

Verwundert sahen sich Joana und João an.

Und nun?

Es war an João, Mut zu fassen.

„Möchtest du heute Nachmittag mit mir im Tijuca spazieren gehen?"

Er erntete ein leuchtendes Lächeln. Eindeutig ein Ja.

„Ich hole dich nach Feierabend hier ab," und eine Zentnerlast fiel von seinen Schultern. Erstmals seit vielen Wochen.

32

João saß wieder im dritten Stock und überblickte ihre Favela Rocinha. Er erkannte blitzschnell, wo die heftigsten Einschnitte stattfinden und welche Familien betroffen sein würden. Unter anderem die von Rui Gomes, seinem besten Freund. Dort, wo heute noch ihr zuhause war, sollte die zentrale Drehscheibe für das Verkehrsinfrastrukturprojekt, was für ein absurder Name für diesen Kahlschlag, errichtet werden. Dazu noch die zu- und wegführenden Straßen sowie die intensiven Einschnitte in die Natur.

Die Last der Verantwortung, die seine Freunde ihm übertragen hatten, bedrückte ihn. Ja, mehr noch, sie betrübte sein sonst so heiteres Gemüt. Dunkle Augenringe zeugten von den Sorgen und viel zu wenig Schlaf. Wieder einmal. Wenigstens bei seiner Mutter schien es jetzt aufwärts zu gehen. Die Behandlung in Deutschland, ausgerechnet das 7:1-Deutschland, bedeutete einen Hoffnungsschimmer, auch wenn João die wochenlange Trennung gerne vermieden hätte.

Nicht zuletzt, wie sollte er Bones schützen? So sehr er sich sein Gehirn zermarterte, so wenig fand er momentan einen Ausweg. Aber, war die Lage wirklich aussichtslos? Schließlich kannte er jetzt Joana.

Mit einem losen Spruch auf den Lippen kletterte Rui Gomes hinauf und wollte natürlich wissen, was es Neues gibt.

Da war es wieder. Das schlechte Gewissen, der nagende Zweifel. Und die große Ehrensache. Auch wenn

João davon träumte, ein Held zu sein, wusste er, wie schwer es ist, einer zu werden.

„Warten wir noch auf Fabio und Marcio?"

„Also treffen Fabios Annahmen zu?"

João spürte den Stich ins Herz, hielt jedoch dicht, bis Fabio und Marcio eingetroffen waren.

Erstaunt, fasziniert und vor allem entsetzt lauschten die Freunde seinen Ausführungen. Auch wenn ihre Heimat nicht vollkommen zerstört werden würde, brachten sie dennoch brutal einschneidende Maßnahmen für etliche Familien. Bedrohlich. Beängstigend.

Rui Gomes sank ob der Neuigkeiten in sich zusammen. Tränen flossen. Er schluchzte. Wut keimte auf.

„Männer, es hilft doch nichts, zu trauern oder wütend zu sein, obwohl dies mehr als berechtigt ist," begann João.

„Es war meine Pflicht, euch bestmöglich zu informieren. Nur wer Bescheid weiß, hat eine Chance, das Schicksal zu seinen Gunsten zu wenden."

An seine Worte schloss sich eine emotionale und kampfeslustige Debatte an.

„Das wollen wir doch mal sehen," hob der eigentlich zurückhaltende Marcio an, „das lassen wir uns nicht einfach so bieten."

Rumms.

Das Statement stand im Raum.

Und nun?

Nach weiteren Diskussionen, bei denen die Fetzen flogen, suchten sie nach Aktionen, Lösungen und Handlungswegen. Am Ende stellte Rui Gomes fest: „João, du musst da was machen. Wir setzen alle auf dich!"

Da war sie wieder. Die Verantwortung. Für sich. Für die Familie. Für die Heimat.

João nickte. Kaum merklich, aber alle hatten es gesehen.

33

Senhor da Costa ging wie jeden Morgen zu seinem Senioren-Frühstücks-Treffen an die Copacabana. Während er die gepflasterte und schwarz-weiß-gemusterte Promenade entlang ging und die frische Luft des frühen Morgens einsog, ahnte er noch nicht, dass dies ein besonders aufregender Morgen werden würde.

Mit einem Lächeln betrachtete er gerade die deutschen Nationalspieler an der Mauer. Nicht wegen des 7:1, sondern wegen des 1:0 gegen den Erzrivalen Argentinien lächelte er. Diese Schmach nach dem Triumph Uruguays wäre dann doch zu viel gewesen. Gleichermaßen schaute er mit Respekt auf jene gegnerischen Spieler, die im denkwürdigen Halbfinale Brasilien zwar besiegt, ihnen aber ihre Würde gelassen hatten. Im Gefühl des sicheren Sieges führten die Deutschen die Seleção nicht vor. Keine Beinschüsse. Kein Schnick-Schnack. Es blieb eine Partie auf Augenhöhe, auch wenn das Resultat eine andere Sprache sprach. Voller Kampf, Einsatz und Spielfreude rangen die Teams miteinander. O Jogo Bonito. Ja, es waren die Deutschen, die das schöne Spiel prägten und es verdient gewannen. Dabei ließen sie dem fünfmaligen Weltmeister und Gastgeber seinen Stolz. Das perfekte Spiel eines kommenden Champions. Senhor da Costa schmunzelte.

Doch nicht allzu lange. Seine Freunde riefen nach ihm, weil ein unbekannter Besucher auf ihn wartete.

So früh? Das musste wahrlich bedeutsam sein.

Bauingenieur Joaquin Robinho stellte sich vor, berichtete von dem Rat des Padre, sich an ihn zu wenden, und schüttete sein Herz aus.

„Wenn ich geahnt hätte, welches Leid das Projekt verursacht, wie viele Menschen ihre Heimat verlieren werden, hätte ich meinen Vortrag im Stadtparlament anders gestaltet. Wenn ich meinem Chef besser zugehört hätte. Wenn ich nicht so verdammt ehrgeizig gewesen wäre," endete Joaquin mit reichlich Tränen der Verzweiflung.

Nach einer kurzen Pause schluchzte er und fragte: „Was soll ich nur tun, Senhor da Costa?"

Nachdem die Sachlage mit der Abstimmung und damit die rechtlichen Grundlagen geklärt waren, atmete der ehemalige Stadtdirektor da Costa tief durch.

„Da haben wir ja einen schönen Schlamassel. Da haben sie einen richtigen Bock geschossen und ihrem Chef, Senhor Bolnero, einen „Beinahe-Freibrief" für das Projekt zukommen lassen," fing er an.

Bauingenieur Robinho reagierte geschockt, weinte ob seiner Naivität und fragte nach den Möglichkeiten, den von ihm angerichteten Irrsinn noch zu verhindern.

„Ich will ehrlich zu ihnen sein,“ antwortete Senhor da Costa, „sie sind ein naiver, aber mutiger Protagonist. Der Beschluss des Stadtparlaments ist eindeutig. Das Verkehrsinfrastrukturprojekt ist einstimmig gebilligt. Es könnte sofort losgehen …“

„Es könnte?“ fragte Joaquin zweifelnd und gleichsam hoffnungsvoll.

„Wenn sie in das Protokoll schauen, ist alles bereitet, um in Rocinha Straßen, Seilbahnen, Seilrutschen usw. auf den Weg zu bringen.“

Der Bauingenieur nickte.

„Es sind jedoch noch einige grundlegende Zeichnungen zu erstellen, welche die Maßnahmen umsetzen sollen. Sie sind Teil des Beschlusses, lagen aber offensichtlich noch nicht vor.“

Robinho stutzte.

Tatsächlich. Sein Chef hatte auf die Abstimmung in dieser Sitzung gedrungen. Die Auftragnehmer warteten bereits. „Wir reichen die Zeichnungen nach. Meistens fragen die Abgeordneten gar nicht danach. Wird schon gut gehen.“ Damit tat er die Zeichnungen als einen unwichtigen Nebenaspekt ab. Und wie vorausgesagt erging die Zustimmung ohne die Detailplanung. Ein Lächeln kehrte zurück.

Senhor da Costa aber mahnte: „Vorsicht, junger Mann, ihr Boss wird jetzt Druck ausüben und von ihnen die rasche Vorlage der Planungen verlangen. Er, oder wer auch immer, wird gewiss Geld, viel Geld an dem Projekt verdienen. Sie sind das schwächste Glied in der Kette und, verzeihen sie den harten Begriff, austauschbar."

Joaquin dachte nach.

„Es stimmt. Aber wenn ich die Pläne zügig vorlege, die ja schon Teil des Beschlusses des Parlaments sind, sind diese auch umzusetzen. Wenn sich alle rechtmäßig verhalten."

„Sie haben mich verstanden. Lösen sie die Widersprüche auf," entgegnete Senhor da Costa.

Bauingenieur Robinho eilte dankbar zu seinem Schreibtisch.

Kaum entschwunden, tauchte João bei Senhor da Costa auf und klagte ihm sein Leid und das von Rocinha, den Familien, die ihn zum Schutzpatron erkoren hatten.

„Es gerät etwas ins Rollen," beruhigte der ehemalige Stadtdirektor geheimnisvoll, „aber wir lassen nichts unversucht."

„Was bedeutet das?" wollte João wissen.

„Nun, ich kenne die Parlamentspräsidentin noch recht gut. Sonntags ist sie immer in einem besonderen Lokal und steht für Fragen der Bürgerinnen und Bürger zur Verfügung. Ich mache dir einen Termin. Sei also bereit, João. Bereite dich gut und auf alles vor. Politikerinnen und Politiker sind mit allen Wassern gewaschen."

Dankbar drückte João den älteren Herrn und verschwand in Richtung Corcovado.

„Was für ein Morgen," dachte Senhor Davidner da Costa und nahm einen großen Schluck Mate-Tee, der Gott sei Dank, immer noch heiß war.

34

Noch überwog die Dunkelheit. Erst zaghaft deutete eine ferne Sonne unterhalb des Horizonts den neuen Tag mit einem feuchten Morgen an. Fahl schlummerte der Himmel mit einem Mix aus nächtlicher Finsternis, schweren Regenwolken und einem Fünkchen dunkelblau. Schwaden von Nebel und Wolken waberten durch die Bäume, benetzten Blätter und Blüten, und ruhten auf den Wipfeln.

Trügerische Stille.

Drunten in der Drachenhöhle ruhte Bones. Irgendetwas hielt ihn zu dieser frühen Stunde wach. Er konnte die Ursache aber nicht ergründen. Während sein Vater Dagoberto mit einem tiefen Drachenschnarchen schlief, schlummerte seine Mutter Doralice dicht an ihn gekuschelt mit einem gutmütigen Drachenschmunzeln. Nur Bones, er konnte nicht schlafen.

Mittlerweile erhob sich die Sonne Stück für Stück über den Horizont, ließ das Meer funkeln und bemühte sich, den Nebel zu vertreiben. Allein, es blieb überwiegend grau.

Im Schatten der Dunkelheit und im noch durchwachsenen Tageslicht, das dem Illegalen ausreichend Schutz bot, näherten sich die Baufahrzeuge. Lastkraftwagen, Bagger und Raupen. Schweres Gerät, um das Verkehrsinfrastrukturprojekt umzusetzen.

Enzo Bolnero hatte grünes Licht gegeben. Er hatte ihm das Protokoll der Abstimmung gezeigt. Es blieben keine Zweifel mehr. Von Illegalität, wie bei den Probebohrungen, konnte keine Rede sein. Ergo setzte er seine Baukolonnen, seine Männer in Bewegung.

Allein die Serpentinen der Estrada da Gávea machten das Fortkommen bei gleichzeitig steilem Anstieg zu einer Herausforderung mit dem schweren Gerät. Es ging äußerst langsam. Und mächtig laut. Das mächtige Brummen der Lastkraftwagen im niedrigsten Gang. Das endlose Schnaufen der Bagger. Die ratternden Ketten der Raupen. All dies übertrug sich auf die Fahrbahn und in den Erdboden.

Das Erdreich vibrierte. Die Bäume zitterten. Und wie durch eine geheime Sprache der unterirdisch miteinander verbundenen Wurzeln wisperte bald der gesamte Tijuca-Wald geheimnisvoll. Mysteriös. Beängstigend.

Bones wachte vollständig auf. Sofort in Alarmbereitschaft. Was ging hier vor? Es schien, als würde der Wald sprechen.

Auch seine Eltern ließen den erholsamen Schlaf urplötzlich hinter sich und die Rothauben leuchteten. Das signalisierte Gefahr und Kampfbereitschaft. Gleichzeitig. Vaters Nüstern dampften. Drachenatem. So aufgewühlt kannte Bones Dagoberto noch nicht.

Die Geräuschkulisse des erwachenden Waldes und seiner Bewohner blieb den Männern in ihren Fahrzeugen trotz des infernalischen Lärms nicht verborgen. Sie stoppten ihre Fahrt, stellten die Motoren ab und lauschten intensiv in die endlosen Weiten dieses grünen Meeres, dieser grünen Lunge von Rio de Janeiro.

Ruhe senkte sich herab. Langsam. Behutsam. Spürbar. Nur die Tropfen der Bäche und Wasserfälle sprudelten und verbreiteten ihre quirlige Betriebsamkeit. Mit ihnen wetteiferten noch die Vögel. Ein leichter Wind wehte vom Atlantik. Mit der Brise und der Sonne hoben sich die Nebelschwaden ein wenig.

Eigentlich alles normal.

Die Rothauben-Regenwaldtaucher blieben gleichwohl alarmiert, ihre Hauben in Rot und ihr Drachenfeuer heiß.

Vorarbeiter Riedle da Silva ließ die Männer wieder aufsitzen, die Motoren anwerfen und befahl, weiter voranzurücken, um den Auftrag zu erfüllen.

Kaum angefahren bebte der Wald abermals und erwachte erneut zum Leben. Drohender. Wütender. Nachhaltiger. Aus den wieder dichter gewordenen Wolken gesellten sich erste Blitze und Donner hinzu. Regen setzte ein.

Einige der Arbeiter fürchteten sich, bekreuzigten sich und mochten nicht weiterfahren. „Der Himmel ist gegen uns. Die Schöpfung ist gegen uns. Auf dem Projekt ruht kein Segen."

Vorarbeiter da Silva verstand da keinen Spaß.

„Wollt ihr eure Jobs behalten? Oder glaubt ihr diesem Hokuspokus? Das ist nur ein Gewitter. Also, Motoren an und weiter geht's."

Mürrisch und verängstigt folgten die Männer. Viel zu nötig brauchten sie die Arbeit und das Geld, das sie damit für ihre Familien verdienten. Es fühlte sich nicht richtig, aber alternativlos für sie an.

Also fuhren sie weiter.

Mit jedem Meter, den sie vorrückten, wurde der Regen stärker, verdunkelten Wolken die Sonne und die kleinen, unscheinbaren, eigentlich freundlichen Bäche schwollen an und traten über ihre niedrigen Ufer. Das Wasser rauschte über die Straße. Die Bäume wankten im Wind, knarzten und kratzten. Das Vogelgeschrei steigerte sich zur Raserei, um alsbald zu verstummen.

Für da Silva nur ein Unwetter, das vorüberziehen würde. Beinahe wie verrückt lachte er, während er den Lastkraftwagen gekonnt um die nächste Kehre steuerte.

Mit einem Schlag fiel einer der Bäume krachend und legte sich quer über die Fahrbahn. Blitze und Donner folgten. Sie befanden sich inmitten eines heftigen Gewittersturms. Da Silva bremste und brachte den schweren Wagen zum Stehen. Er brüllte gegen die Naturgewalten an, forderte Raupen und Seilwinden nach vorne und zeterte unaufhörlich über den Zeitverlust, die faulen Arbeiter und das elendige Wetter.

Einige der Männer verließen sichtlich gezeichnet und verängstigt die Kolonne. Die Zeichen der Natur wandten sich gegen sie.

Der Vorarbeiter beschimpfte sie, erklärte ihre Entlassung just in diesem Moment und werkelte jetzt mit einer Kettensäge eigenhändig an dem quer über die Fahrbahn liegenden Baumstamm.

Dieses nervtötende Geräusch, wenn sich die Zähne der Säge kreischend mit beißender Geschwindigkeit in das Holz des Waldbewohners fraß, riss Dagoberto aus seiner Ruheposition. Ein kurzes, wortloses Kommando und die drei Rothauben-Regenwaldtaucher schossen mit ihrem leuchtenden Kopfschmuck in Richtung der Gefahr.

Der Wald atmete scheinbar tief durch und die Wipfel der Bäume bildeten einen für den Menschen unsichtbaren Richtungspfeil gen Fahrzeugkolonne und wütendem Vorarbeiter. Drachen vermochten diese Zeichen allerdings zu lesen.

Mit dem kürzest möglichen Flugweg rasten Dagoberto, Doralice und Bones den Lastwagen, Raupen und Baggern entgegen. Bald sahen sie Riedle da Silva fluchend und mit durchnässtem Hemd den Baumstamm regelrecht malträtierend. Sogleich gingen sie in den Sturzflug über, bereiteten ihren heißen Drachenatem vor und rasten auf den ahnungslosen da Silva zu.

Dieser hatte nur Augen für das Hindernis, das es schnellstmöglich zu beseitigen galt. Er sägte. Er fluchte. Er haderte. So hatte er sich diesen Auftrag nicht vorgestellt.

Seine verbliebenen Männer sahen die kleinen roten Punkte zuerst, die sich vor dem trüben Himmel eindeutig abzeichneten und mit fulminanter Geschwindigkeit näherten.

Aber, was war das?

Niemand von ihnen konnte sich erinnern, etwas Derartiges jemals gesehen oder davon gehört zu haben.

Und dann waren sie da!

Drei überaus wütende Rothauben-Regenwaldtaucher im Sturzflug. Voller Angriffslust. Mit rot glänzenden Hauben, die Gefahr und Kampfbereitschaft signalisierten. Für ihren Wald. Für ihre Heimat. Für ihre Art.

Fasziniert, erstaunt, überrascht und vor allem furchtsam starrten alle, also alle außer da Silva, gen Himmel. Es verschlug ihnen die Sprache. Stumm und starr harrten sie der kommenden Dinge.

Just in jenem Augenblick, in dem Dagoberto, Doralice und Bones nah genug und zugleich mit noch ausreichendem Abstand herniederschwebten, feuerten sie einen koordinierten gemeinsamen Feuerstrahl ab.

Drachenatem. Heiß. Gefährlich.

Panisch schrien die Arbeiter, deuteten gen Himmel und da Silva blickte entsetzt und erstaunt in den Feuerschein über seinem Kopf.

Die drei Drachen fegten mit gekonnter Kurve über seinen Scheitel und wirkten zusammen wie ein viel größeres Tier. Mit unfassbarer Eleganz setzten sie zu einem Looping an, teilten sich plötzlich auf und griffen den Vorarbeiter von drei Seiten an.

In einem ungeordneten Chaos flohen die Arbeiter in den Wald, die Straße hinab oder fuhren mit ihren Fahrzeugen einfach davon. Kein noch so wütender Vorabeiter oder noch so zorniger Boss konnte sie in diese Hölle zurückbringen. Geld hin oder her. Der Zorn des Christo brüllte ihnen entgegen. So glaubten sie.

Riedle da Silva schrie, bis seine Stimme heiser war, fuchtelte mit der Kettensäge, bis seine Arme lahm waren und ergab sich dann doch den wütenden Angriffen der Drachen. Er zog sich einsam und verlassen von den Arbeitern zurück.

Zurück blieb ein Teil einer unbemannten Fahrzeugkolonne, die offensichtlich vor einem umgestürzten Baum kapitulieren musste und ein angesägter, aber nicht besiegter Baumstamm.

Christus-Statue – Rio de Janeiro (Jochen Nagel)

Dagoberto, Doralice und Bones segelten erschöpft, aber durchaus zufrieden, zur Christus-Statue auf dem Corcovado. Sie ruhten ein wenig auf den ausgestreckten Armen und flogen dann gestärkt in ihre - momentan wieder sichere - Drachenhöhle.

Was für ein aufregender Tagesbeginn.

35

Von all diesem Durcheinander, den illegalen Aktivitäten von Enzo Bolneros Geschäftsfreunden oder dem drohenden stürmischen Wetter ahnten Joana und João an ihrem Nachmittag nichts.

Wie versprochen holte João sein Girl von Ipanema nach Feierabend in der Praxis von Dr. Cristiano ab. Sie schlenderten ohne genaues Ziel durch den Tijuca, verweilten verträumt am Wasserfall und am Aussichtspunkt und genossen den gemeinsamen Spaziergang.

João erzählte von seinen Sorgen um die Gesundheit seiner Mutter. Joana plauderte über ihre fehlende Entschlusskraft für das richtige Studium. Am rosa Haus weihte João sie in seine Träume ein, mit ihr dort wohnen zu wollen. Zu seiner Überraschung und Freude konnte sie es sich sogar vorstellen.

Sie redeten über diese und jene Belanglosigkeit und vertieften ihre Sorgen und Hoffnungen. Irgendwann fragte Joana aus heiterem Himmel: „Warum denkst du eigentlich, dass ich aus Ipanema bin?"

Ein wenig verblüfft stotterte João, dass er sie öfter am gleichnamigen Strand gesehen habe und daher annahm, dies wäre ihr Viertel, ihr Barra.

„Tja, und je häufiger ich dich dort gesehen habe, desto gefestigter wurde meine Meinung. Damit stieg meine Angst, dich anzusprechen. Ich, der arme Junge aus Rocinha. Und du, das Mädchen aus Ipanema."

Joana prustete laut los.

João verstand überhaupt nichts mehr und fühlte sich in seinen Gefühlen verletzt. „Was gibt es denn da zu lachen? Ich bin halt introvertiert und schüchtern."

Jetzt kicherte Joana nochmals.

„Also, wenn du schüchtern bist, dann bin ich hässlich."

„Okay," sagte João, „nennen wir es zurückhaltend. Das erklärt trotzdem nicht deinen Lachanfall."

„Stimmt," wandte Joana ein, „es ist halt einfach so, dass ich nicht in Ipanema lebe. Der Strand ist großartig. Dort laufe ich sehr gerne, weil es meinen Kopf frei macht und ich gut abschalten und nachdenken kann. Aber meine Heimat ist Rocinha."

Nun lachten beide lauthals.

Und in jenem Augenblick der heiteren Vertrautheit umarmten sie sich zum ersten Mal.

Gleichzeitig fühlte es sich an, als würden sie nach Hause kommen. Als würde ein Suche nach einer zweiten Hälfte, die schon immer auf einen gewartet hätte, endlich zu einem Ende kommen. Zwei Hälften eines gleichen Teils. Gesucht, gefunden.

Für einen zärtlichen Moment schauten sie sich an. Es genügte noch nicht für einen romantischen Kuss, aber von nun an spazierten sie Hand in Hand durch ihren Tijuca.

„Zeigst du mir deinen neuen Freund?" fragte Joana neugierig.

„Liebend gerne," sagte João „gleich da vorne ist ihr Baum. Und darunter ihre Drachenhöhle."

Beschwingt von der jungen Liebe schwebten sie weiter. Hand in Hand.

36

Der Hinweis von Senhor da Costa war wirklich Gold wert.

„Klären sie die Widersprüche," das waren seine Worte. Warum er nicht selbst darauf gekommen war. Der Beschluss des Stadtparlaments stand. Einstimmig. Die detaillierten Pläne gehörten dazu; diese sollte er auf Geheiß seines Vorgesetzten erst nach der Sitzung fertigstellen. Auch wenn ihm dies ungewöhnlich erschien, hielt er sich an die Vorgaben. Während der parlamentarischen Beratungen sprach kein Abgeordneter diese fehlenden Unterlagen an. Alles war „gut" gegangen.

Hierin lag seine Chance.

Joaquin Robinho beugte sich über das Protokoll, las Zeile für Zeile und notierte sich die wichtigsten Daten:

- Verbesserung der Verkehrsinfrastruktur im Bereich der Estrada de Gávea,
- Erleichterung der Zuwegung aus dem Barra Ipanema in das Barra Tijuca,
- (mindestens) eine Seilrutsche als touristische Attraktion und
- Überlegungen zu einer Seilbahn als Verkehrsentlastung vorzugsweise zum Flughafen.

„Klären sie die Widersprüche."

Der Bauingenieur dachte intensiv nach. Warum wollte er genau diesen Beruf? Er wollte etwas bewegen, große Brücken entwerfen und bauen. Brücken bauen. Die Menschen sollten es besser haben. Ja, er hörte sich an, wie ein Idealist. Weil er einer war und ist.

Für einen nachdenklichen Atemzug hielt er sinnierend inne. „Wo sind die Widersprüche? Wo sind die Möglichkeiten?"

Schließlich nahm er seine ersten Entwürfe, die fertiggestellt worden waren und begann nachzuberechnen, zu korrigieren, zu zeichnen und zu finalisieren. Die Optimierung der serpentinenreichen und in der Tat unfallträchtigen, gefährlichen Straße fiel ihm leicht. Eine zusätzliche Spur. Ein Radweg, um weniger Autos im Wald zu haben. Verlängerte und damit entzerrte Kurven. Auch der Weg von Ipanema nach Tijuca ließ sich gut durchdenken, in die Natur integrieren und ließ Rocinha unbehelligt.

Die Seilrutsche, eine Seilrutsche reichte nach dem Beschluss des Parlaments vollkommen aus, forderte Joaquin heraus. Doch selbst dafür gab es eine offensichtliche Variante. Wenn der Drachenfliegerberg mit der Seilrutsche kombiniert wurde, ergaben sich zusätzliche touristische Anreize, die Natur würde nicht weiter zerstört und die Vorgaben der Abgeordneten erfüllt.

Beschwingt, mit großer Freude und einer riesigen Portion Leichtigkeit vollendete Joaquin die Zeichnungen und Pläne. Genau dafür war er Bauingenieur geworden. Zukunftsfähige Lösungen für und mit den Menschen.

Blieb aber immer noch die Seilbahn.

Gut, es sollten Überlegungen angestellt werden, um den Verkehr zu entlasten. Joaquin nahm sich noch einmal die Resultate der - illegalen - Probebohrungen vor. Selbst wenn sie nicht rechtmäßig waren, lieferten sie trotzdem Erkenntnisse. Er schätzte sich glücklich, sie heute und hier zu haben.

Hier erkannte er Widersprüche. War das Gestein wirklich hart genug, um die erforderlichen Betonpfeiler zu tragen? Wie viele davon würde über die weite Strecke benötigt werden? Welche Stahlseile mit welcher Tragkraft würden je nach Anzahl der Pfeiler ausreichen? Wie stünde es um die Schwingfähigkeit bei den häufigen Winden rund um Rio de Janeiro?

Es gab viel zu berechnen.

Während Joaquin tief gebeugt und grübelnd über den Berechnungen saß, stürmte sein Chef Enzo Bolnero ins Büro.

„Erfreulich, junger Mann. Sie arbeiten bereits an der Fertigstellung der Pläne. Vorbildlich," lobte der Baudirektor seinen wichtigsten Mitarbeiter.

Joaquin achtete nicht auf ihn. Er musste sich auf die korrekten Berechnungen konzentrieren. Niemand sollte Schaden nehmen. Zu viele Bauprojekte scheiterten an unzureichenden Vorbereitungen, schlechter Ausführung, inkompetenten Baufirmen oder minderwertigen Materialien. Seinen Teil wollte er ordentlich erledigen. Auch im Interesse der euphorischen, aber oberflächlichen Abgeordneten. Sie vertrauten auf ihn. Dies sollten sie zu Recht tun.

Daher beachtete er seinen Chef nicht, der sich ungefragt die beinahe vollendeten Pläne ansah.

Zuerst ruhig und gefasst, ein wenig zufrieden, weil es endlich losgehen konnte. Zudem stolz auf sich und seine Entdeckung, den Bauingenieur Robinho. Sehr gut. Je länger und intensiver er sich allerdings mit den Unterlagen beschäftigte, desto unsicherer und unzufriedener wurde er.

„Was sind das hier für Zeichnungen?" fragte er unvermittelt.

Joaquin hob den Kopf, der sich noch inmitten der komplexen Berechnungen zur Statik befand, und antwortete treuselig: „Na, die zum Beschluss des Stadtparlaments bezüglich Verkehrsinfrastruktur. Sie waren ja noch nicht zu Ende gebracht. Jetzt fehlen allein noch die Berechnungen zu den Überlegungen zur Seilbahn. Die erledige ich gerade."

Dann prüfte der Bauingenieur weiter die Fakten und Zahlen.

Enzo Bolnero glaubte nicht recht zu hören und zu sehen. Das sollten die Planungen sein? Er wusste schon, was besprochen war. Und er war sich sicher, Joaquin wusste es ebenso. War dem jungen Mann der erste Erfolg bereits zu Kopf gestiegen? Zu Recht wollte er ihn beobachten.

Kurz verschnaufte Enzo und dann polterte er los: „Sind sie wahnsinnig? So war das nicht festgelegt. Sie hören jetzt mit dem Unsinn auf und machen es genau in der Art und Weise, wie ich es ihnen gesagt habe. Ist das klar?"

Joaquin Robinho blieb trotz des Wutausbruchs überraschenderweise vollkommen ruhig. Nach seinem

Verständnis lagen dort die korrekten Pläne und für die Seilbahn würde er unverzüglich die Berechnungen abschließen und eine Empfehlung aussprechen. Dies teilte er im Brustton der Überzeugung seinem Chef mit.

Enzo Bolnero platzte. Mit hochrotem Kopf brüllte er seinen Untergebenen an: „Entweder, sie machen die Pläne, wie ich es ihnen gesagt habe, oder das Ganze hat für sie üble Konsequenzen. Habe ich mich klar ausgedrückt?"

Je lauter sein Chef wurde, desto ruhiger verhielt sich Joaquin. „Glasklar. Ihre Worte: Sie wissen ja, was ich will und Rio braucht. Also planen sie mal schön, sie haben das ja studiert."

Enzo Bolnero glaubte nicht, was er da hörte. Diese Unverfrorenheit seines Zöglings. Da gab man einem „Niemand" eine Chance, etwas für die Stadt und, ja, auch für seinen Geldbeutel, zu tun. Und wie dankt er es? Undank ist der Welten Lohn.

„Das hat Folgen. Ich mache einen Termin bei der Parlamentspräsidentin. Halten sie sich bereit. Das hat Konsequenzen."

Der Baudirektor stampfte aus dem Büro, donnerte die Tür hinter sich zu und polterte die Treppen hinab.

Joaquin widmete sich abermals, jetzt ungestört, seinen Berechnungen und klärte die Widersprüche.

37

Das Telefon klingelte. Einmal. Zweimal. Dreimal.

Maria Esperanza wusste, wer angerufen hatte. Es gab zwischen ihr und dem Anrufer einen Geheimcode. Dreimal klingeln und dann auflegen. Dann ist es wirklich wichtig. Genau eine halbe Stunde später folgte das richtige Telefonat.

Senhor da Costa, ehemaliger Stadtdirektor, wartete geduldig, bis jene dreißig Minuten vergangen waren. Anschließend rief er erneut die bekannte Telefonnummer an.

Er tat dies nur, wenn er ein bedeutsames Anliegen vorzutragen hatte. Aus seiner aktiven Zeit blieb immer noch haften, wie viel eine Parlamentspräsidentin arbeiten musste und welche unzähligen, unsäglichen Anliegen neben all den wahrlich wichtigen Dingen bei ihr vorgetragen oder abgeladen wurden. Der Tag müsste mehr als vierundzwanzig Stunden haben.

Heute benötigte er allerdings das Gespräch. Er hatte es João versprochen. Und war er versprach, pflegte er auch einzuhalten.

Das andere Telefon läutete und Maria Esperanza hob sogleich ab. Der Geheimcode.

„Hallo, Senhor da Costa, wie geht es ihnen? Und, was kann ich für sie tun?" eröffnete sie. Dabei erinnerte sie sich sehr gut an die vortreffliche Zusammenarbeit mit dem erfahrenen Stadtdirektor. Er hatte ihr unglaublich viel geholfen und der ersten Frau an der Spitze des Parlaments zur Seite gestanden. Daraus war über seinen Ruhestand hinaus eine bleibende Verbindung geworden. Senhor da Costa wusste Gesichtspunkte von Sommersprossen zu unterscheiden.

„Guten Tag, Frau Präsidentin. Es geht mir gut und ich danke ihnen für ihre wertvolle Zeit."

Ohne Umschweife und Small-Talk ging er auf den Beschluss des Stadtparlaments zum Verkehrsinfrastrukturprojekt, die fehlenden Unterlagen und die möglichen Folgen für die Menschen ein.

Maria Esperanza hörte geduldig zu.

„Senhor da Costa. Es gibt einen einstimmigen Beschluss. Ja, es fehlen noch Unterlagen. Aber diese sind durch das Baudezernat avisiert. Was soll ich da noch tun können?"

„Ich bitte sie um zwei Dinge, Frau Präsidentin. Schauen sie sich die Pläne, die sie erhalten werden, ganz genau an und achten sie auf eventuelle Widersprüche."

„Das tue ich, Senhor da Costa," antwortete Maria Esperanza und ahnte, dass etwas faul sein könnte, „und wie lautet ihre zweite Bitte?"

„Würden sie in ihrer nächsten offenen Sprechstunde einen jungen Mann aus Rocinha, dem am stärksten betroffenen Bezirk, anhören?"

„Wie sie wissen, ist die Sprechstunde frei. Gerne rede ich mit dem jungen Mann. Wie ist sein Name?"

„João, das muss fürs erste genügen."

Die Stadtparlamentspräsidentin stimmte zu und beendete das Telefonat mit der Frage: „Sehen wir uns dann ebenfalls? Ich würde mich sehr freuen."

„Es wird mir eine Ehre sein, Frau Präsidentin," antwortete der ehemalige Stadtdirektor und legte auf.

Anschließend informierte er João, damit er sich auf den Termin mit Maria Esperanza vorbereiten konnte.

Und dann tätigte Senhor da Costa noch einen Anruf.

38

João stand allein auf dem Fußballplatz von Rocinha. Er wartete auf seine Freunde und Spielkameraden, um bei einem Match von den alltäglichen Sorgen abgelenkt zu werden.

Allein - es kam niemand.

So schaute er sich um und sah dieses trostlose Rechteck, das ihr Leben bedeutete. Wacklige Tribünen, so zerbrechlich wie ihre Zukunftsaussichten, die aus Holz verstärkt mit ein paar Eisenträgern die Fans trugen. Und manchmal ertrugen. Ein paar wenige klapprige Sitzplätze für die Honoratioren. Die Stehränge hinter den Toren, auf denen die Zuschauer besonders lautstark, emotional und fanatisch ihre Mannschaft anfeuerten. Das windschiefe Dach, welches kaum Schutz vor der glühenden Sonne oder den Regenschauern bot.

Ein trauriges Bild bot ebenso das Spielfeld. Der Rasen verdorrt von den unablässigen Strahlen der Sonne. Zahlreiche braune Flecken, von denen der Staub aufstob. Eine viel zu geringe Auslauffläche neben und hinter dem Spielfeld. Es war halt eng in Rocinha. Auf dem Sportplatz und in der Favela.

Aber so traurig dieses kleine, alte, ehrwürdige Stadion auch wirkte, es war ihr Stadion, ihr Platz, ihre Heimstätte.

João liebte die Enge, wenn zwei Mannschaften gegeneinander antraten und von den Zuschauenden frenetisch nach vorne gepeitscht wurden. Gleichermaßen mochte er die Weite, wenn er die ganze Länge und Breite der Spielfläche für sich allein hatte und ausfüllen konnte.

„Immer noch niemand da für eine schöne Partie am Abend," dachte João und nahm den mitgebrachten Ball zum Jonglieren hoch.

Auch eines ihrer Übungsspiele, bei dem sie ihre Ballfertigkeit übten und verfeinerten. Dabei zählten sie, wie oft es einem Spieler gelang, den Ball in der Luft zu halten, ohne dass dieser den Boden berührte. Dabei war es gleichgültig, ob er dies mit dem Kopf, dem Bein, dem Knie oder dem Fuß tat. Nur auf den Platz durfte die Kugel nicht fallen. Und ein Handspiel blieb selbstverständlich tabu.

Da kein Mitspieler anwesend war, jonglierte und zählte João für sich allein. Eins, zwei, drei … vielleicht könnte er heute den Vereinsrekord von 152 Jonglagen übertreffen.

Konzentriert legte er los. Eins, zwei, drei …

… dabei spürte er den Gleichklang von Spiel und Leben. Wie im Ballspiel waren auch im richtigen Leben häufig Bälle in der Luft zu halten. Die Schule, der Beruf, die Familie, das Geldverdienen, die Heimat, die Gesundheit …

… 58, 59, 60 …

Manchmal gelang dies gut und mühelos, weil das Spielgerät dem Spieler folgte und Geist und Körper miteinander verschmolzen, eins waren. Manchmal tat man sich schwer und jede Bewegung quälte den Spieler oder den Ball. Oder Beide. So war es doch sehr ähnlich. Mit dem Ball und mit dem Leben.

Die Jonglage befreite seine Gedanken. João ließ die Schwierigkeiten einfach hinter sich. Wie den Ball, den er in die Luft stieß oder abprallen ließ, tat er es mit seinen vielfältigen Herausforderungen. Einfach wegstoßen. Und wenn sie doch zurückkamen, schienen sie etwas leichter zu sein und konnten besser bewältigt werden.

Der Ball gehorchte ihm und löste seine Verkrampfung, seine Verspannung, seine Last der Verantwortung.

123, 124, 125 …

... auf einmal schien João alles leicht und klar. Am kommenden Sonntag würde er, der Junge aus Rocinha, mit der Stadtparlamentspräsidentin sprechen. Er würde seine, nein, ihre Chance nutzen.

... 149, 150, 151 ...

Erschrocken, weil er so dicht vor dem Vereinsrekord balancierte und Rui Gomes ihn lebendig begrüßte, ließ er den Ball fallen. Ganz so einfach war das mit dem Ball und dem Leben dann doch nicht.

Nach und nach trafen seine Freunde ein. Endlich konnten sie das schöne Spiel genießen. O Jogo Bonito. Vergessen oder verdrängt waren Schwierigkeiten und Probleme. Für die Dauer eines Fußballspiels.

Hinterher berichtete João, was er wusste, welchen Rat ihm Senhor da Costa gegeben hatte und wie er nun weiter vorgehen wollte.

Hoffnung keimte auf. Zaghaft, zögerlich. Doch sie war da. Man konnte sie mit den Händen greifen.

39

Dagoberto, Doralice und auch Bones flogen noch Tage nach ihren Attacken auf den Vorarbeiter da Silva

Patrouillen im Tijuca-Wald. Sie trauten dem Frieden nicht. Zwar war die Fahrzeugkolonne nach und nach verschwunden, aber sie wollten auf Nummer sicher gehen. Sie wollten ihr Refugium, ihre Heimat schützen. Die roten Hauben blieben blass-rot. Keine Gefahr. Dennoch blieben die drei Rothauben-Regenwaldtaucher wachsam und flogen ihre Runden.

40

Im Schatten der Sehenswürdigkeiten von Rio de Janeiro, wie beispielsweise dem Zuckerhut, der Christus-Statue und den Stränden von Copacabana und Ipanema, verbirgt sich eine einzigartige Oase. Eine Inselwelt. Die Inseln in der Lagune von Tijuca.

Knatternd legt das Holzboot ab. Die Passagiere haben ihre Einkäufe auf dem Schoß und ihr Handy am Ohr. Bald sind sie daheim. Einige Touristen begleiten die Einheimischen neugierig und fotografieren Palmen und bunte Häuser. Vor ihnen allen liegt eine Oase der Ruhe. Hinter ihnen die Hochhäuser, die Shoppingmalls und Schnellstraßen. Hier, wo die Olympischen Spiele stattgefunden haben, ist es anstrengend, laut und die Wege sind weit.

Auf den Inseln, sofern sie bewohnt sind, ist es ganz anders. Man fühlt sich irgendwie in der Zeit zurückgesetzt. Keine Autos. Keine Hektik. Kein Lärm. Etliche Wege sind nur Trampelpfade. Verträumte Katzen schleichen umher oder dösen in der Sonne. Das Wasser plätschert, Vögel zwitschern. Es ist einfach idyllisch.

Die Inselgruppe ist Heimat vieler exotischer Pflanzen und Tiere. Aber eben auch immer mehr Menschen. Das Viertel gehört zu den am schnellsten wachsenden Gebieten in Rio de Janeiro.

Sieben der zehn Inseln sind bewohnt. Die Ilha da Gigoia ist mit 130.000 Quadratmetern und etwa 3.000 Einwohnern die größte und man erreicht sie vom Festland aus als erste. In gut zwanzig Minuten kann man sie zu Fuß der Länge nach durchqueren. Hier gibt es kleine Läden, Bars, Restaurants und viele bunte Häuser. Die verschlungenen Pfade laden zum Schlendern ein; gefährlich ist es nicht. Nur im Wasser oder in der Natur.

Doch das Inselparadies ist bedroht, weil es immer berühmter und beliebter wird. Zu viele Menschen. Zu viele neue Häuser und Hotels. Zu viel Müll. Die Stadtverwaltung bleibt, wie meistens, phlegmatisch. Das liegt daran, dass Rio chronisch pleite ist. Also ist es auf der Insel wie im Rest der Stadt. Ihre Bewohnerinnen und Bewohner helfen sich selbst; sie fischen beispielsweise den Müll mit großen Käschern aus dem Wasser.

Um die Inselwelt besser kennenzulernen, nimmt man sich am besten an einem kleinen Steg um die Ecke ein Taxi-Boot und fährt aufs Wasser hinaus. Dann stellt man den Motor aus und lässt sich treiben. Man könnte sagen: „Genießen sie die Idylle, solange es noch geht."

Aber Achtung: Hier tummeln sich Kaimane im Wasser.

Maria Esperanza fühlte sich wohl auf ihrer Insel. Fern des städtischen Trubels. Fern der parlamentarischen Hektik. Fern der großen Politik. In ihrem Refugium, dem Pousada Babel, nahm sie gerne ein Zimmer und nutzte auch die Coworking Spaces. Das zweistöckige, verschachtelte bunte Gebäude mit den liebevoll eingerichteten, einzigartigen Zimmern war Balsam für ihre Seele.

Sie konnte gut loslassen, noch besser nachdenken und liebte die offene Kommunikation im Innenhof bzw. Garten des Hotels. Unter den lauschigen Bäumen, die ausreichend Schatten spendeten und gleichermaßen die Sonnenstrahlen durchließen, redete sie mit Work & Travel-Gästen, den Hausangestellten oder döste eine Weile nach einem frühen Kaffee.

Dabei steigerte sie auch ihre Vorfreude auf ihren sonntäglichen Termin. Es war ein guter Einfall ihrer Büroleiterin gewesen, das Angenehme mit dem Nützlichen zu verbinden. Eine offene Sprechstunde für die Bürgerinnen und Bürger ohne festen Termin in geselliger Runde. Schon der Weg von der Unterkunft zum Primeiro Café, oder Bar do Elson, wie Maria es nannte, bereitete ihr ein gewisses Hochgefühl.

Keine Politikerbandwurmsätze, die nichts aussagten, ihr jedoch etwas abverlangen wollten. Keine Ränkespiele. Kein Taktieren. Nein, einfache Leute mit klaren Vorstellungen, alltäglichen Sorgen und direkter Ansprache. Natürlich verbanden auch sie eine Hoffnung mit dem Gespräch. Wenn möglich sollte die Stadtparlamentspräsidentin ihre Anliegen nicht nur anhören, sondern erhören und lösen. Aber sie taten es geradlinig, nicht hinterrücks. Höflich und nicht höfisch. Ehrlich und warmherzig.

Deswegen mochte Maria Esperanza diesen Termin.

„Wer wohl heute kommen würde?" dachte Maria noch, „ach, ja, Senhor da Costa hatte diesen jungen Mann aus Rocinha avisiert. Wie hieß er noch? João. Genau."

Dem flatterten ein wenig die Nerven. Die Bootsfahrt über das trübe Wasser löste Unbehagen bei ihm aus und ließ flaue Gefühle aus seinem Magen aufsteigen. Zu alledem trat die Aufregung vor dem Treffen mit der Präsidentin.

„Wie hieß sie doch gleich? Maria Esperanza. Frau Präsidentin als Anrede nicht vergessen. Hoffentlich vergesse ich nicht sowieso alles. Ich bin Hypernervös," dachte João bei sich.

Senhor da Costa spürte die aufkeimende Unruhe. Kein Wunder. Er legte seine Hand auf die Schulter von João. Beruhigend. Für das Gespräch. Gegen das schaukelnde Boot. Gegen das undurchsichtige Wasser. Alles schien zu wanken und zu schwanken. Alles schien nicht transparent. João schnaufte.

Endlich stieß das Wassertaxi an den Steg. João stieg rasch aus dem schwankenden Ungeheuer, half Senhor da Costa an Land und mit nun festem Schritt auf festem Untergrund schritten sie das kurze Stück zum Treffpunkt. Eine Bar. Wie sonderbar. Egal, merkwürdigerweise fasste João auf der Insel frischen Mut. Er würde sein Bestes geben. Wie auf dem Platz.

Senhor da Costa schmunzelte zufrieden.

Enzo Bolnero brüllte regelrecht ins Telefon und schrie seinen Bauingenieur wutentbrannt an: „Ich erwarte sie sofort auf der Ilha da Gigoia im Primeiro Café. Dort sprechen wir mit der Präsidentin. Und bringen sie die richtigen, er betonte das Wort ausdrücklich, Pläne mit, wenn ihnen ihr Job lieb ist." Auf eine Reaktion wartete er nicht. Schließlich war klar, wer der Boss war.

Joaquin Robinho traf der Anruf, der herabwürdigende Tonfall seines Chefs und die Anweisung nicht unvorbereitet. Tage- und teils nächtelang hatte er über den Plänen gehangen und die Widersprüche zum Beschluss des Parlaments aufgeklärt. Jetzt nahm er nur noch seine Aktentasche, schloss das Büro ab und machte sich auf den Weg zur Insel in der Lagune von Tijuca. Irgendwie freute er sich auch ein bisschen auf das befohlene Treffen in diesem Idyll.

Maria Esperanza stand da, wo sie am liebsten stand. Im Mittelpunkt. Sie nippte an ihrer Caipirinha, lächelte den vorbeigehenden Menschen zu, winkte kleinen Kindern im Kinderwagen und sprach angeregt mit den anwesenden Bürgerinnen und Bürgern.

Über die verstopften Straßen, über die unzureichende Kanalisation, über die schleppende Digitalisierung, über die miserable Müllabfuhr und den Schmutz in der Stadt und immer wieder über das leidige Thema: das fehlende Geld. Allerdings ging es ebenso um Beachvolleyball oder Fußball. Natürlich Fußball.

Sie war ordentlich in ihrem Element und orderte zur Abwechslung ein Brahma Bier. Das war für den Wirt das Zeichen. Danach bekam Maria nur noch ihren Mai Tai Original und damit endete dann die öffentliche Sprechstunde. Alle wussten das.

Für Senhor da Costa stellte es ebenso das Signal dar. Bestimmt lotste er João durch die Menge und stellte ihn Maria vor. „Frau Präsidentin, darf ich ihnen João aus Rocinha vorstellen. Wir hatten telefoniert."

Dezent zog er sich zurück, aber Maria bat ihn, dabei zu bleiben. „Herr Stadtdirektor, leisten sie uns bitte Gesellschaft. Dies ist eine öffentliche Veranstaltung."

Mit einer kurzen, angedeuteten Verbeugung signalisierte Senhor da Costa, gerne dem Treffen beiwohnen zu wollen.

„Und nun zu ihnen, lieber João, was kann ich denn für sie tun?"

Überrascht und perplex von der direkten Ansprache der Stadtparlamentspräsidentin stutzte João, doch dann fasste er all seinen Mut zusammen.

„Was hätte Galego getan?" dachte João.

Ausführlich und emotional berichtete er der Präsidentin von den Sorgen um Rocinha. Über die Einschnitte für die Familien, den drohenden Verlust der Heimat und damit den Weggang seiner Freunde.

Maria Esperanza hörte gut zu.

„Wenn ich den Beschluss richtig verstanden habe," gab sie Antwort, „fehlen noch die vollständigen Pläne. Man kann also noch nicht genau sagen, wer genau betroffen ist."

„Politiker-Gewäsch," dachte João und wollte gerade protestieren, da sprach Maria weiter, „aber ich sehe, da hinten kommen der Baudirektor Bolnero und sein Bauingenieur Robinho. Sie klären sicher alles auf."

Gebannt drehten sich alle um, denn Enzo Bolnero und Joaquin Robinho kamen tatsächlich, in ein lautes Streitgespräch vertieft, auf die Stadtparlamentspräsidentin zu.

Mit hochrotem Kopf schrie Enzo Bolnero seinen Bauingenieur an, welchen impertinenten Vertrauensbruch dieser begangen und die Abgeordneten hintergangen habe.

„Ich tue nur meine Pflicht, im Gegensatz …," dann brach Joaquin ab.

„Meine Herren,“ versuchte Maria Esperanza zu beruhigen, „so geht das doch nicht. Was sollen denn die Menschen von der Stadtverwaltung denken. Jetzt klären wir erst einmal die Fakten. João, der junge Mann aus Rocinha, hat Angst um seine Heimat. Ich kenne den Beschluss des Parlaments, den ich gedenke umzusetzen. Und sie, verehrter Herr Robinho, geben mir jetzt bitte die dazugehörenden Pläne und Zeichnungen.“

Der Bauingenieur wollte gerade seine Tasche öffnen und der Präsidentin, wie gebeten, die Unterlagen überreichen, da entriss ihm Enzo Bolnero dieselbe samt Inhalt und schleuderte sie in die Gewässer der Lagune.

Für einen Moment blieben alle starr vor Entsetzen.

Allein Senhor da Costa hatte vorsichtig, aber zielstrebig, einen Pressevertreter, dem weitere gefolgt waren, in den Vordergrund geschoben.

Alles war nun dokumentiert und bereit für eine Veröffentlichung.

Was für ein Skandal!

Die Präsidentin blamiert.

Die Abgeordneten brüskiert.

Die Bürgerinnen und Bürger vorgeführt.

Joaquin frustriert.

Und Enzo Bolnero triumphiert.

João stand bedröppelt da, Tränen liefen hemmungslos über sein Gesicht. Alles schien umsonst, vergebens all die Mühen und Anstrengungen.

Und nun? Wie sollte er vor seine Freunde treten?

41

Senhor da Costa überblickte die Lage mit all seiner Erfahrung im Beruf und aus dem Leben. Bevor größerer Tumult entstand und die Presse die Insel verließ, nahm er Maria Esperanza zur Seite und flüsterte ihr etwas sehr leise ins Ohr.

Sie nickte. Kaum merklich.

Dann trat sie vor die Presse.

„Darf ich um ein wenig Ruhe und Aufmerksamkeit bitten?" rief sie in die aufgewühlte Menge. Das Sprachengewirr ebbte ab.

„Vielen Dank. Dies ist eine sehr verzwickte Situation. Das Stadtparlament hat die Erneuerungsprojekte

beschlossen. Dabei bleibt es. Sie sind im demokrati-
schen Prozess umzusetzen. Nicht streitig ist, dass
Pläne fehlen. Streitig ist, welche Zeichnungen korrekt
sind. Die von Baudirektor Bolnero - er plusterte sich
wichtigtuend auf - oder die von Bauingenieur Robinho. Allein die Kaimane wissen es (Gelächter ent-
spannte das Publikum). Unser junger Freund, João,
der für die Menschen von Rocinha spricht, weist darauf hin, dass sie nicht gehört wurden. Ein echter
Mangel. Ich will dem Raum geben."

Zustimmender Beifall kam auf.

Maria Esperanza hob beschwichtigend die Hände und
setzte ihre Rede fort: „Heute in einer Woche soll ein
Fußballspiel zwischen einem Team aus der Favela und
einer Mannschaft, die durch die Stadtverwaltung auf-
gestellt wird, stattfinden. Gewinnt Rocinha, zeichnet
Bauingenieur Robinho neu. Gewinnt die Stadtverwaltung, ist dies die Aufgabe von Baudirektor Bolnero.
Wenn alle Beteiligten damit einverstanden sind, legen
sie ihre Hände auf meine Hand. Dann gilt der Deal."

„Aber nur, wenn wir in Maracana spielen," rief João,
bevor er seine Hand auf die Hände der anderen legte.

„Natürlich, wo denn sonst," schloss Maria Esperanza
den Handel ab.

Maracana-Stadion - Rio de Janeiro (Jochen Nagel)

42

Wo blieb João nur? Ohne ihn waren sie aufgeschmissen. Er war der Beste. Er war ihr Pelé. Ihr Held. Wenn ihnen einer bei dem wichtigsten Wettkampf helfen konnte, dann war es João. Mit ihm würden sie das bedeutendste Fußballspiel ihres noch jungen Lebens vielleicht siegreich gestalten können. Es würde an ein Wunder grenzen. Ach was, es grenzte bereits jetzt an ein Wunder. „El Pulpo" hatte mit seinen Fangarmen unzählige Bälle abgewehrt, einhundertprozentige Torchancen vereitelt und mehrere sicher geglaubte Tore in allerletzter Sekunde tollkühn verhindert. Mehrfach erstarb der Torschrei auf den Lippen der Zuschauenden. 0:2. Es stand nur 0:2 auf der improvisierten Anzeigetafel. Es war ein kleines Wunder.

Aber wo blieb João? In wenigen Minuten würde die zweite Halbzeit beginnen und dann brauchten sie ihn. Ihren Besten. Akribisch suchten sie überall nach einem Zeichen, dass er eintrifft. Sein Fahrrad war nirgends zu sehen. Sein Haupt konnten sie nicht ausmachen. Auch ein Rufen, dass er noch rechtzeitig kommen würde und sie auf ihn warten sollten, und sei es noch so fern, vermochten sie nicht zu hören. Es war zum Verzweifeln. Sie würden verlieren. Und nicht nur das. Sie würden viel mehr verlieren. Ihre Favela. Ihre Heimat. Der Tijuca-Wald würde verlieren.

Ein letztes Mal scannten sie die Zuschauertribünen. Vielleicht kam er von dort. Mit hängenden Köpfen schlichen sie auf den Platz. Sie würden noch einmal alles geben. Laufen und kämpfen. Spielen mit Herzblut. Aber das zusammengekaufte Profiteam war ihnen überlegen. Es half nichts. Der Schiedsrichter pfiff. Gleich würde es beginnen. Jetzt konnte ihnen nur noch ein Wunder helfen.

„Schaut," schrie Rui Gomes plötzlich freudig laut.

Sie wussten zuerst nicht, was der tollkühne Torhüter wollte. Mit zitternden Fingern wies er auf die Tribüne mit ihren treusten Fans. Tatsächlich. Da wehte etwas in grün. Das Grün. Jedes Kind kannte es. Dieses märchenhafte Weltmeister-Grün.

Galego war da!

Es gab ihn wirklich. Galego. Sein grüner Umhang wehte und flatterte im Wind, während er die Stufen der Tribüne hinunter zu schweben schien. Ajuda e esperanca. Hilfe und Hoffnung. Diese magischen Worte auf dem Umhang, diesem unscheinbaren Stückchen Stoff, rissen sie aus ihrer Lethargie. Ein Raunen und Staunen schwappte durch das Stadion.

Mit ernster, aber zuversichtlicher Mine trat er in ihre Mitte und sprach ihnen Mut zu: „Wir müssen es jetzt machen wie die Mapuche. Sie haben sich am längsten gegen die Eroberer gewehrt. Die Mapuche gelten als eines der kämpferischsten Völker Südamerikas. Sie haben die Kriegskunst der Eroberer aufgenommen und mit dem Mut, ihr Land zu verteidigen, zurückgeschlagen. Mit unbändigem Willen. Und genau so machen wir es jetzt auch. Ich sage nur ein Wort: Ginga!"

Wie magisch schien ihr Mut zurückzukehren. „Ginga," schrien alle Spieler und ihr Ruf hallte beinahe furchterregend wie Donner über den Platz. Die Aufholjagd mochte beginnen.

Dann pfiff der Schiedsrichter die zweite und alles entscheidende Halbzeit an.

43

João war sehr nervös. Heute fand das große Spiel statt. Im Maracana. Sie hatten so hart trainiert. Sie wollten alles geben. Für Rocinha. Für ihre Familien. Für ihre Freundschaft. Aber er fand einfach sein Trikot und seinen Glücksbringer nicht. Wie ein Irrwisch suchte er all seine geheimen Verstecke ab. Nirgends fand er die wichtigsten Utensilien.

Seine Mutter hetzte ihn zusätzlich. „João, du kommst zu spät."

„Ja, Mama," erwiderte ein hörbar genervter und frustrierter João.

Während er noch suchte und gerade jubeln wollte - „Alles ist da, Mama. Genau da, wo ich es hingelegt hatte." - tat es in der Küche einen heftigen Schlag und seine Mutter brach zusammen.

João schrie.

Aber sie hörte ihn nicht.

João tätschelte ihr Gesicht.

Aber sie bewegte sich nicht.

Er rief den Arzt, Dr. Cristiano, an.

Und er gab seiner Mutter, auf den ärztlichen Rat hin, die erste und letzte Ohrfeige seines Lebens. Sie schmerzte ihn mindestens so, wie seine Mutter.

Aber sie half. Seine Mutter kam zurück.

Schier endlose weitere Minuten verrannen, bis der Rettungswagen und mit ihm der Arzt kamen.

„Ich fahre mit," flehte João.

„Du musst zu deinem Spiel. Du kommst zu spät. João, eine halbe Stunde zu spät. Das ist viel zu spät," hauchte seine Mutter kaum hörbar.

„Ich komme mit. Basta," und stieg in den Rettungswagen. Natürlich mit seinen Sportsachen und seinem Glücksbringer.

Dr. Cristiano kümmerte sich intensiv und rührend. Die Farbe kehrte ins Gesicht seiner Mutter zurück. João schöpfte Hoffnung.

Mit jedem Kilometer, mit jeder Minute ging es ihr besser.

„Offensichtlich die ganze Aufregung," meinten die Ärzte, während João am Bett seiner Mutter saß und ihre Hand hielt.

„Nun geh schon," flehte sie förmlich, „hilf deinen Freunden. Hilf Rocinha. Hilf dem Tijuca. Mir geht es gut."

Da war sie wieder, diese Erwachsenensprache, die einfach nicht zum Lebensbild passte.

„Bin ich etwa verrückt?" rief João.

„Das weiß man nie so ganz genau," lächelte Rosa Isabel. Sie dachte an Rosa de Lima; sie hatte geholfen.

João winkte ihr mit gemischten Gefühlen zu. Er machte sich auf den Weg nach Maracana. Hoffentlich war es noch nicht zu spät. Und woran dachte João?

Er dachte an Galego. Galego musste helfen.

44

Der Pfiff des Schiedsrichters riss sie alle aus ihrer hektischen Betriebsamkeit, nervösen Anspannung oder traumatischen Lethargie.

Maria Esperanza freute sich über die kluge Idee, dem Rat ihres erfahrenen Stadtdirektors außer Dienst gefolgt zu sein. Es würde in jedem Fall eine Lösung geben und die Integrität des Parlaments sowie der Abgeordneten blieb gewahrt.

Davidner da Costa blickte angespannt auf die Anzeigetafel und fragte sich, wo João nur blieb. Es wird doch hoffentlich nichts mit seiner Mutter geschehen sein? Das um ein paar abgehalfterte Profis verstärkte Team lag mit zwei Toren in Front. Groß war der Vorsprung nicht, aber ohne den besten Spieler und Anführer würde es schwer. Hatte er sich verkalkuliert? War es zu optimistisch gewesen, der Stadtparlamentspräsidentin ein Fußballspiel als Lösung vorzuschlagen? War das Team um João doch nicht gut genug?

Enzo Bolnero grinste süffisant. Alles lief in seine Richtung. In 45 Minuten wären alle seine Probleme in Luft aufgelöst. Dieser Vorschlag, den Konflikt mit einem Spiel zu lösen, hätte von ihm kommen können. Spiele reizten ihn. Mehr als alles andere. Enzo Bolnero lehnte sich wieder einmal entspannt in seinen Sitz zurück.

Joaquin Robinho saß wie versteinert im weiten Rund von Maracana. Ging da unten gerade seine noch so junge Karriere zu Ende? Würde er in 45 Minuten plus Nachspielzeit entlassen werden? Blieben seine Pläne, von denen er Gott sei Dank nur das Duplikat mitgenommen hatte, unvollendet und vermoderten im trüben Wasser der Illegalität und der Lagune?

Der Pfiff des Schiedsrichters holte alle in die Realität zurück.

Auch die Mannschaften. Team Rocinha hatte Anstoß.

„Wo warst du bloß so lange?" raunzte Rui Gomes seinen Freund João an.

„Erzähl ich dir alles später. Jetzt müssen erst einmal Tore her."

Kaum ausgesprochen passte er den Ball vom Anstoß zu Fabio, der weiter auf Linksaußen zu Marcio. Inzwischen stand João am Elfmeterpunkt. Eine perfekt getimte Flanke. Ein Kopfball.

1:2.

Nur noch 1:2.

João hielt für einen Augenblick inne. Was hatte er nicht alles von seinen Trainern, Mitspielern und gerade von seinen Freunden gelernt? Sie wollten mit ihrem Spiel, dem schönen Spiel, die Welt zu einem besseren Ort machen. Im Kleinen für Rocinha. Und im Großen für ihr Land. Sie wollten die Herzen der Menschen berühren.

In den Übungsstunden förderten die Trainer ihre fußballerische Entwicklung mit dem Ziel eines stetigen Wachstums ihrer mentalen und physischen Fähigkeiten. Dabei sollten sie jedoch nicht die Freude und Liebe zum Fußball verlieren. Dazu gehörte Spaß am Lernen als nie dagewesene Motivationsquelle.

João schmunzelte. Er dachte an das Heldentraining, wie es sein Mentor nannte. Diese Übungen verbesserten seine körperliche Fitness und sie stärkten das Selbstbewusstsein und das Selbstvertrauen. Sie zeigten ihm auf, positiv zu denken, egal wie schwierig die Situation erschien.

Es war nun an ihm, seinem Team, seinen Freunden dazu zu verhelfen, Erfolge zu erzielen. Dazu musste er bisherige Erfolge aufzeigen und den Weg in diesem Spiel weisen.

Ubuntu: „Ich bin, weil wir sind." Eine afrikanische Philosophie nach und für Menschlichkeit, Nächstenliebe und Gemeinsinn.

Nur noch 1:2. Das war das Signal. Sie konnten es schaffen. Gemeinsam.

Ein kurzes Raunen waberte durch Maracana.

Team Rocinha fasste Mut. Angriff auf Angriff rollte nun gegen das Tor der Stadtverwaltungsmannschaft. Aber mit den beschlagenen, hinzugeholten Spielern mit Profierfahrung verteidigten sie geschickt. Oftmals hielten sie den Ball geruhsam in den eigenen Reihen. João und seine Mannschaftskameraden liefen emsig, aber erfolglos hinterher. Manchmal ließen sich die Profis einfach hinfallen, egal wie belanglos das Foulspiel war. Wenn es denn eines war. Sie blieben liegen, holten den Teamarzt zur Behandlung und zogen die Spielunterbrechung genüsslich in die Länge. Oder sie droschen den Ball einfach in die gut gefüllten Zuschauerränge.

Es hatte sich herumgesprochen, dass endlich wieder einmal ein entscheidendes Match im weltberühmten Fußballtempel stattfand.

Aber die Uhr lief gnadenlos herunter. Die Zeit rannte Rocinha durch die Finger, wie der Sand von

Copacabana durch die Zehen rinnt. Sekunde um Sekunde. Minute um Minute.

Sie gaben dennoch nicht auf. Es stand nur 1:2. Hier ein Fernschuss. Vorbei. Dort ein Kopfball. Pfosten. Noch ein Doppelpass. Abgewehrt. Ein Drehschuss. Gehalten.

Ein Murmeln ging durch Maracana.

Die Sympathien pendelten in Richtung Rocinha, die ehrlichen Sport boten. Zurückhaltend noch, aber die Stimmung stieg.

Erneut lag im letzten Drittel der zweiten Halbzeit ein Spieler der Stadtverwaltung am Boden. Verzögerte das Spiel. Zäh und unattraktiv war das Match geworden. Viel zu viel stand für alle Beteiligten auf dem Spiel.

„Steh endlich auf. Spielt Fußball," schrie ein einsamer, entrüsteter Rufer für eine faire Auseinandersetzung im weiten Rund.

Das bekümmerte den Spieler der Stadtverwaltungsmannschaft nicht.

Auch nicht die gelbe Karte wegen Spielverzögerung.

Kaum mehr als zehn Minuten durchhalten. Dann würde der Boss großzügig zahlen.

Pfiffe hallten durch die Arena.

„Rocinha, Vamos,‟ gab es eine Anfeuerung. Erstmals.

João rief seinen Club im Club, sein Team im Team zusammen. „Wir probieren jetzt die Variante Ginga.‟

Sie wussten Bescheid.

Fabio rannte los wie ein wildgewordenes Rennpferd. Er umkurvte die gegnerischen Spieler als seien es Slalomstangen. Über ausgestreckte Beine, die ihn „umsäbeln‟ wollten, sprang er elegant hinweg. Um rempelnde Schultern, die ihn wegstoßen wollten, schlängelte er sich herum. An greifenden Händen, die ihn festhalten wollten, rannte er einfach vorbei.

Plötzlich überschritt er die sechzehn-Meter Linie. Der Strafraum. Die heilige Zone der Dribbler und des Foulspiels.

Fabio täuschte. Fabio trickste.

Sie zerrten am Trikot. Er fiel nicht.

Sie drängten ihn zur Torauslinie. Er vollführte eine Pirouette, hob den Ball über seinen Kopf, stoppte die ihn, blieb für einen Augenblick stehen, damit der Verteidiger ins Leere lief und passte seelenruhig zu Marcio.

Der musste den Ball nur noch ins leere Tor schieben.

Und tat es mit einem breiten Lächeln.

2:2.

Es blieben drei Minuten und die Nachspielzeit. Ihre Chance.

In der Euphorie der Aufholjagd unterlief João aber ein folgenschwerer Fehlpass.

Einer der Profis eroberte das Spielgerät, dribbelte um den letzten Mann der Verteidigung und stürmte allein auf das Tor von Rocinha zu.

Rui Gomes.

Alles hing jetzt an Rui Gomes.

El Pulpo.

Würde er seinem Namen alle Ehre machen?

Ruhig und abgezockt wartete er auf seinen Gegner. In seinem Inneren wütete beispiellose Nervosität. Und gleichzeitig unendliche Ruhe. Er musste diesen Ball vom Tor fernhalten. Auf keinen Fall ein Gegentor so kurz vor dem Ende. Das wäre das Aus für Rocinha.

Langsam, geduckt und konzentriert verließ er seinen Fünfmeterraum. Des Torhüters Heiligtum. Nur keinen Strafstoß.

Rui Gomes ging weiter. Aus dem Strafraum.

Selbstbewusst und zielstrebig strebte er dem gegnerischen Spieler entgegen. Und dieser in gleicher Manier auf ihn zu.

Just in diesem Moment geschah es …

… Rui Gomes rief unvermittelt den heranlaufenden Stürmer an: „Schau, ein Drachen,‟ und deutete in den Himmel über Maracana.

Verdutzt stockte der Angreifer für einen winzigen Augenblick. Der genügte. Nur ein paar Zentimeter hoppelte ihm der Ball von seinem Fuß. Gerade genug, damit Rui Gomes ihn wegschlagen konnte. Weit, ganz weit weg vom eigenen Tor. Dabei streifte er noch die Zehenspitze des linken Fußballstiefels des Stürmers.

Dieser spuckte vor ihm aus, beschimpfte ihn und schaute dann gleichwohl zum Himmel. Er traute seinen Augen nicht.

Drei Rothauben-Regenwaldtaucher, die wirklich wie kleine Drachen aussahen, flogen über Maracana und trugen einen grünen Fetzen, der irgendwie der brasilianischen Flagge ähnelte. Während einer steilen Kurve, die sie hinauf auf das Stadiondach brachte, ließen sie das Stück Stoff los.

Staunendes Schweigen legte sich über Maracana. Beinahe, wie nach dem 1:2 gegen Uruguay. Wieder machte sich dieses quälend lähmende Entsetzen breit. Nicht schon wieder ein Sieg für die falsche Mannschaft. Nicht schon wieder Maracanaço.

Das staunende Schweigen erwuchs zu einem Raunen.

Das Raunen steigerte sich zu einem Rufen.

Das Rufen schwoll zu einem Stimmenorkan.

„Brasil. Brasil."

Das Trauma musste überwunden werden.

Es musste das richtige Team gewinnen.

Heute bestand die Gelegenheit. Endlich.

„Brasil. Brasil."

Und leise im Hintergrund: „Rocinha."

João hörte es. Genau. João fühlte sich plötzlich seinem Großvater ganz nah. Als würde er mit ihm auf dem Feld stehen. Als würde er ihn beflügeln. Als wären sie Eins.

Er witterte die große Chance, etwas für die Familie, für Rocinha, für die Heimat, für sein Land wieder gutmachen zu können. Und für seinen Opa.

João schnappte sich den heruntergeschwebten grünen Fetzen. Ajuda e esperanca. Hilfe und Hoffnung stand da verblasst.

Hilfe und Hoffnung für die so oft gequälte brasilianische Seele.

„Wie lange noch?" fragte João den Schiedsrichter.

„Zwei Minuten. Rocinha wirft ein."

Fabio nahm den Ball in beide Hände, ging weit zurück, liebkoste das Spielgerät und warf den Ball soweit er nur konnte gen gegnerischen Strafraum. Zunächst wehrte das Stadtverwaltungsteam ab. João köpfte zurück zu Marcio. Der täuschte ein Dribbling an und ... zog dann einfach aus dem Hintergrund ab.

Sofort schwieg Maracana.

Alle schauten gebannt der Flugbahn des Balles hinterher. Mucksmäuschenstill.

Kein Bein hielt ihn auf.

Kein Körper stelle sich dazwischen.

Er flog einfach. Unbehelligt.

Der Torhüter der Stadtverwaltung streckte sich gewaltig, erreichte das Spielgerät gerade noch mit den Fingerkuppen, fälschte ihn ab und der Ball änderte erkennbar seine Richtung.

Wohin? Wohin wirst du fliegen?

Mit einem lauten Klatschen donnerte der Ball gegen den rechten Torpfosten, hüpfte neugierig auf der Torlinie entlang zum linken Gebälk und kullerte dann gemächlich, als ginge ihn das alles gar nichts an, provozierend langsam über die weiße Torlinie.

3:2.

Es stand tatsächlich 3:2.

Für Rocinha.

Maracana explodierte. Die Menschen tanzten, weinten, strahlten, jubilierten und verwandelten das altehrwürdige Stadion in einen Hexenkessel. Ein Jubelsturm der Freude ihn Grün.

„Brasil. Brasil."

Der Pfiff des Schiedsrichters, der auf seine Uhr deutete und zwei Minuten Nachspielzeit anzeigte, holte alle in die Realität zurück.

„Konzentration," schrie João, konnte sich allerdings nicht gegen den Stimmenorkan durchsetzen.

„Brasil. Brasil."

João gestikulierte.

Enzo Bolnero tobte.

Seine Mannschaft protestierte.

Aber es ging weiter. Bis zum Schlusspfiff brachte sie jedoch nichts verwertbares mehr zustande.

Aus. Aus. Aus. 3:2 für Rocinha.

Und irgendwie auch für Brasilien.

„O Jogo Bonito" erzählt von der Romantik des brasilianischen Fußballs und vom Stolz des Rekordweltmeisters. Fußball ist mehr als ein Spiel. Mehr als Sport. Er gehört zu Brasilien. Er ist Teil der Kultur, der Identität - des Lebens. Doch es erzählt auch vom Trauma. **Maracanaço** und **Mineiraço**. „Sete a um"; 7:1 als Fußballresultat und als ein in den Sprachgebrauch eingezogenes, geflügeltes Wort für Versagen.

Maracana als ein Stadion des Volkes mit Stehplätzen, soweit das Auge reicht. Und es bleiben immer diese Bilder. Von tanzenden und hoffenden, von verzweifelten und weinenden Menschen. Von den größten Spielern aller Zeiten. Von verwegenen Bolzplätzen. Von der Schönheit des Spiels. Egal, wie es ausgeht. Vom Leben, dem pulsierenden und schönen Leben mit all seinen liebenswerten Facetten. „O Jogo Bonito" - wie schön ist das Spiel.

Viel später nach den Jubelszenen, den Beschwerden des Baudirektors und nachdem sich das große

Stadion, das nun seinen Frieden finden konnte, geleert hatte, fiel die Anspannung von allen Beteiligten ab.

Maria Esperanza entließ auf der Stelle Enzo Bolnero und übertrug dessen Aufgaben an Joaquin Robinho.

Der Bauingenieur dachte an die Kopien der Zeichnungen und schmunzelte verborgen.

Senhor Davidner da Costa freute sich innerlich und spazierte nachdenklich über den heiligen Rasen von Maracana.

Joana kam mit Rosa, die nur eine Kreislaufschwäche erlitten hatte, auf das Spielfeld. Sie umarmten sich alle herzlich.

Fabio, Marcio, Rui Gomes und João feierten mit ihrem Team, ihren Familien und ihren Freunden. Rocinha war gerettet. Der Tijuca war gerettet. Und die Rothauben-Regenwaldtaucher waren sicher.

Dagoberto, Doralice und Bones schwebten nach einer Ehrenrunde über dem Stadion gen Corcovado. Christo wartete.

Irgendwann zwinkerte Rui Gomes seinem Freund João zu und fragte: „Was war das jetzt mit diesem grünen Umhang?"

„Galego hat geholfen," begann João, „er ist ein Superheld. Mein Superheld."

Dann nickten sie einander verständnisvoll zu, wie es unter Freunden, die einander verstehen, üblich ist. Freundschaft braucht nicht viele Worte.

45

Galego stand wieder am Strand. An seinem Strand. An dem Strand schlechthin. Seine Füße spürten erneut den noch kühlen Sand. Einzelne Körnchen rannen zwischen seinen Zehen. Langsam kroch die Sonne aus dem wippenden Meer. Die leichten Wellen spülten die Sorgen der Nacht und der letzten Tage hinfort. Ihre ewige Melodie sang leise und sanft das Lied des Vergessens und der Hoffnung. Hoffnung auf einen neuen Tag. Eine einsame Möwe zog ihre Runde und hielt Ausschau nach einem ersten Fisch.

Galego spürte den leichten Wind, der seinen grünen Umhang flattern ließ, und die wärmenden Strahlen der Sonne. Er wusste, was er getan hatte. Ein leichtes Schmunzeln huschte über seine Lippen. Genüsslich sog er die frische Luft des frühen Morgens ein, blinzelte in die Sonnenstrahlen und ging tänzelnd weg vom Strand von Copacabana. Von dem Strand schlechthin. Von seinem Strand. Ein verträumter Blick hinauf zur Christus-Statue bestärkte ihn. Ajuda e esperanca. Hilfe und Hoffnung. Galego war gefragt. Galego hatte geholfen.

ENDE

Epilog

Der lächelnde Engel der Kirche in Arnstein

Wer in Arnstein die Kirche betreten will, muss zunächst durch einen Vorbau gehen. Dann wird er von einem kleinen Engel angelächelt, der neben dem Weihwasserbecken am ersten Pfeiler angebracht ist. Man tut gut daran, hier einen Augenblick zu verweilen, denn dieser Engel möchte Sie begrüßen.

Dieses Lächeln des Engels kommt von innen. Es ist ein verschmitztes und zugleich beseligendes Lächeln. Offensichtlich spürt der Engel noch etwas von dem Paradies, aus dem er kommt.

Die Welt mit ihrer Unruhe und ihrem Lärm kann dem Engel am Eingang der Arnsteiner Stiftskirche nichts anhaben. Vielleicht können auch Sie alles Belastende und Hektische hier abladen.

Dieser lächelnde Engel scheint eingetaucht in eine andere Welt, in die Welt der Liebe Gottes. Es kann sein, dass ein Mensch, belastet mit persönlichen Schwierigkeiten, die Kirche betritt. Da lächelt ihn ein Engel an und scheint zu sagen: „Nehmen Sie es nicht so schwer. Kommen Sie herein. Hier mögen Sie erfahren, dass Sie erwartet werden und willkommen sind."

Das Lächeln des Engels kann Ihnen Frieden schenken, eine innere Stimmigkeit, das Gefühl der Ruhe, Stille und Geborgenheit. Das Lächeln des Engels möchte Sie aber auch anstecken, damit die Menschen sich als Gemeinschaft empfinden. Gegenseitiges Verstehen und Freude als prägender Ausdruck der Gemeinschaft.

Und wenn Sie den Ort des Friedens wieder verlassen, dann mögen Sie als ein anderer gehen, als Sie gekommen sind. Dann wird Ihnen am Ausgang der Kirche dieser kleine Engel nachlächeln. Vielleicht mit einem frohmachenden Lächeln, das sagen will: „Nehmen Sie etwas mit von diesem Ort der Stille, des Friedens und der Freude."

Das Lächeln des Engels will auch bewirken, dass jede und jeder mit sich selbst verständnisvoll und zärtlich umgeht, damit man möglicherweise auch andere anstecken kann mit neuer Zufriedenheit.

Der Engel von Arnstein möge jede und jeden wiederum zu einem Engel für die anderen machen, die in sich selbst verfangen sind.

Unser Engel in der Arnsteiner Stiftskirche wird auch von der Ferne zufrieden zulächeln, wenn wir ab und zu einen anderen Menschen zu einem Lächeln bewegen können.

Engel von Arnstein – Kloster Arnstein (Jochen Nagel)

Danke

Ein herzliches Dankeschön an

- Tatjana Kreß, die beste Lektorin der Welt. Genau, konstruktiv und kritisch. Selbstbewusst und verbindlich. Nachhaltig und nachdrücklich. Nur mit und dank ihr sind die Produkte in der Qualität gesichert. Ohne meine herzensgute Ehefrau, die mich nicht nur erträgt, sondern trägt, wäre Alles Nichts.
- Heidi Giebels, für die vortreffliche technische Unterstützung. Nur mit und dank ihr kommen die digitalen Grafiken in das Werk und runden es ausgezeichnet ab.

Über den Autor:

Jochen Nagel, geboren 1960 in Kassel, ist ein verträumter Realist, der seinen Mitmenschen ein offenes Ohr schenkt und ihren Problemen gegenüber aufgeschlossen ist. Mit einem stark ausgeprägten Gefühl für Gerechtigkeit, Ausgleich und soziale Eingliederung setzt er sich als Integrationsfigur in verschiedenen Rollen ein. Seine Introvertiertheit ist mit einem Schuss Extrovertiertheit angereichert. Diese Selbstanalyse bei einem psychologischen Seminar als Privatkundenberater bei der Postbank trifft noch heute zu. Die Eigenschaften sind ebenso hilfreich bei den Herausforderungen als Vorgesetzter bei der Deutschen Bundespost, als Prüfer der externen Finanzkontrolle und als Vorsitzender des Personalrats beim Bundesrechnungshof. Sein verträumter Realismus ist Ausgangspunkt für „Habibis Reise", „Weihnachten: Ein Geschenk", „Afrika erzählt" und die Trilogie von „Tröto, dem Brillofanten" sowie viele kleine, noch unveröffentlichte Geschichten und Märchen.